妹がいじめられて自殺したので復讐にそのクラス全員でデスゲームをして分からせてやることにした

駆威 命 Mikoto Kakei

アルファポリス文庫

https://www.alphapolis.co.jp/

登校《プロローグ》──残り生徒数　30人

ごめんなさい、お姉ちゃん、おばあちゃん、おじいちゃん。先立つ不孝を許してください。

天国のお父さん、お母さん。もうすぐ会えるからね。

私、優乃《ゆうの》はもう限界です。

私はずっといじめられてきました。

ずっと、ずっとです。

山岸優《やまぎしまさる》や小野田人士《おのだひとし》から殴られ、悪口を言われてきました。倉木《くらき》……剛久《たけひさ》は……私に……。

旗野満《はたのみちる》は、私にお金を持ってくるように言って……少なかったら……売れって……言ってきました。

日谷沙耶香《ひたにさやか》や横倉咲季《よこくらさき》からも……凄く、凄く嫌なことを言われてきました。

みんなからも無視されたり、嗤《わら》われたり、いたずら書きされたり……いろんなことをされて……。

辛《つら》かった。

悲しかった。

思わず助けてって言ってしまうくらいに。

でも、無理でした。誰にも助けてもらえませんでした。

そのことを先生に言っても、ほんの少しの間だけ収まって、しばらくしたらもっと酷いことになって返ってきます。

どんなことをしても無駄でした。

だから、もう、疲れたんです。

諦めました。

諦めました。

諦めました。

私は生きていちゃいけないんだそうです。

河野詩織《こうのしおり》からそう言われたけれど、その通りだと思います。

私はみんなに迷惑しかかけてないから。

私が死んだら、学費を出してくれているお姉ちゃんも、自分のことにお金を使えるようになるはずです。

私に時間をかける必要もなくなると思います。

前、男の人に振られたって言ってたけど、あれ私のせいだよね。ごめんなさい。

もう、自由になってください。

さようなら。

最後に。

私がこうして自分を終わらせられる勇気を――。

◇

『はい、全員起床！　起きろ～！』

底抜けに明るい女の人の声が耳から侵入してきて、僕の脳みそを踏み荒らす。

酷い風邪をひいた時のように激しく頭が痛み、全身が泥《どろ》の中にでも浸かっているかのように重い。こんな気分なら、いくら起きろと言われてもまったく起きようという気にならなかった。

だから僕は耳を押さえてもう一度夢の世界に引きこもろうと――。

『今から大事なことを言うから～。きちんと聞かない人は死んじゃうよ～』

「…………え？」

聞かないと、死ぬ？

誰が？　僕が？　なんでそんなことになるの？

僕が今生きている国は、世界一安全と言ってもいいはずなのに……。

頭に浮かんだ疑問への答えを得るために、僕は重いまぶたを開く。

最初に視界に入ってきたものは、金属のパイプを曲げて作られた、学校でよく使われている机の足。そして、白い壁や見慣れた掲示物。

『ほらほら、早く起きて首元を確認してごらん』

まだ頭のモヤは完全に晴れていなかったが、言葉に従って首元に手を伸ばし――。

コツンと、何か固いものが指先に触《ふ》れた。

「……なんだ、コレ」

上体を起こしながら手で触《さわ》って確認すると、首輪らしきものが嵌《は》められているみたいだった。

そこでようやく、辺りに僕以外にも誰かがいることに気付く。

整然と並べられた学習机の合間合間に、黒い人影が横たわっている。誰も起き上がっていないところを見ると、目を覚ましたのは僕が最初みたいだ。

僕は立ち上がり、周囲を見回す。この見知った場所は、僕が通っている宮城原《みやぎはら》高等学校の、二年一組の教室。つまり、僕が毎日勉学に励《はげ》んでいる教室だ。

今が何時なのかは分からないが、窓の外は何も見通せないほど暗い。天井の明かりがこうこうと教室内を照らし出していた。

『お、一人目を覚ましたみたいだね。おっはよー！　誰も起きないから心配しちゃったよ』

教室前方、教壇《きょうだん》の右隣に設置してある大きなテレビが一人の女性を映し出している。先ほどから聞こえる女の人の声は、どうやらそこから流されているようだった。

「お、おはようございます？」

一応そう挨拶《あいさつ》をしたが、今はそんな時間ではないのだろう。

そもそも何故僕がこの慣れ親しんだ教室にいるのか、その理由が分からない。

確か今日は緊急の学級集会だとかで、土曜日なのにもかかわらず朝からクラス全員が体育館に集められて、先生のお説教を聞いたあとに視聴覚室へ行って…………そこからの記憶が完全に欠落している。

思い出そうとしても、鈍《にぶ》い頭痛がするだけで記憶の取っ掛かりさえ掴《つか》めない。

『挨拶を返せるなんて感心感心。もうちょっと起きてきたら説明始めるから少しだけ待っててね～』

「あ、はい」

テレビ画面に映っている女性は、肩までの長さの髪を茶色に染めてちょっとはすっぱな雰囲気だというのに、まったく化粧《けしょう》っ気《け》がない。目元がはっきりとした少しきつそうな感じのする顔で、何より僕がよく知る、決して忘れてはならないあの少女と顔立ちがよく似ていた。

『ほらほら、他の人たちも早く起きないと死んじゃうぞ～』

「し、死ぬ……？」

やはり先ほどの言葉は聞き間違いではなかったらしい。またこの女性は「死」という言葉を口にしていた。

『質問はなし。うるさくしないでね。ぜ～んぶあとで説明するからその時分かるよ。ルールを守らないと死んじゃうからね？　いや――』

女性の口が裂《さ》けてしまったのかと錯覚するほどニィッと横に開く。冗談っぽい声音なのに、思わず吐き出してしまいそうなほどの悪意を感じてしまう。

いや、違う。この人が抱いてるものは悪意なんかではなく――。

『――殺すから』

――殺意そのものだ。

背筋《せすじ》を悪寒《おかん》が走り抜け、先ほどまであった倦怠感《けんたいかん》などすっかり吹き飛んでしまった。

僕は喉をならして唾《つば》を呑《の》み込むと――。

「……はい」

なんとかその一言だけを絞り出した。

『ん、素直でよろしい。どうせだからお姉さんのお手伝いしてくれるかな？　周りのみんなを起こしちゃって』

明らかにノーと言えるような雰囲気ではなかった。方法は分からないが、殺すと言っているのだからなんらかの手段が用意されているのだろう。

――と、そこで僕はあることに気付いた。

「これ……」

僕の首に巻かれた金属製と思《おぼ》しき首輪。見れば、床に横たわるみんなの首にも同じようなものが取り付けられている。

嫌な予感がして思わず首輪に手をやると、女性から忠告が飛んできた。

『あ、蒼樹空也《あおきくうや》クン。あんまり触りすぎると誤作動で爆発しちゃうかもしれないから、いじりすぎないようにね』

——爆弾？

にわかには信じられないが、この首輪は映画や小説なんかでよく出てくる代物のようだ。

僕は慌てて人の間を縫《ぬ》って窓の近くにまで移動する。そして、また一つ異様な光景を目にした。

窓のすぐ向こう側が、何か金属製の板のようなもので塞《ふさ》がれている。この金属板が覆《おお》っているせいで、光が入ってこないらしい。

何故窓が封鎖《ふうさ》されているのか気になったが、それよりも先に首輪を確認しようと思い、僕は窓ガラスに薄く反射した自分の姿を観察した。

黒髪黒目、コンプレックスの塊《かたまり》である低身長。本当に高校生なのかと思われてしまうほど幼く、自信のなさそうな顔つきをしている僕、蒼樹空也が、まっすぐにこちらを見返してくる。そんな僕の首筋には、鉄パイプを輪《わ》っかにしたような形の無骨な首輪が嵌められていた。

喉元の部分には赤いＬＥＤが付いた直方体の小さな箱が接着している。これが爆弾なのか？

『ほらほら、早く起きないと、お姉さんイラついて爆発させちゃうぞ〜』

テレビから聞こえてくる嘲笑《あざわら》うような声には、根底に何か恐ろしい感情が潜《ひそ》んでいた。

◇

僕は隣に横たわる、苗字《みょうじ》しか知らないようなクラスメイトを揺《ゆ》さぶって起こす。その目覚めたクラスメイトがまた別の生徒を起こし、波紋のように覚醒の波が広がっていく。

ものの五分もしないうちに、教室で眠っていた全員が目を覚ました。

ざっと見ただけだから自信はないが、おそらく僕を含めてクラスメイト三十名——いや、今は二十九名か——が全員いるはずだ。

そしてその全員に、爆弾と思われる装置の付いた首輪が嵌められていた。あの女性の言葉が真実であるなら、僕たちはみんな彼女に命を握られていることになる。

「おい、なんだこれは！　ふざけんな！」

「くそっ、扉が開かねえ！」

目覚めた人数が増えれば増えるほど、ざわめきが大きくなっていき、今では誰も彼もが好き勝手に叫んでしまっている。みんなの目が覚めたらテレビの女性が説明を始めると言っていたが、こんな状況ではとても彼らの耳には届かないだろう。

僕がテレビに視線を向けると、女の人はにやにやと意地の悪い笑みを浮かべているだけで、まだ口を開いてはいない。もしかしたら、どうすればみんなを黙らせられるのかを考えているのかもしれなかった。

その方法がまともなものとは限らない……。

突然、僕の脳裏《のうり》に「見せしめ」という言葉が浮かんだ。もしクラスメイトがこのまま静かにならなかったら、彼女は爆弾を爆発させるのではないか？

そしてその見せしめの対象が、僕だとしたら……？

そういう考えに行きついた途端、臆病《おくびょう》な僕は恐怖に背中を突き飛ばされて行動を開始した。足りない身長を補《おぎな》うために、より目立つために、机の上に立って叫ぶ。

「静かにしてっ。じゃないと殺されるっ！」

僕の一言で、あれほど騒がしかった教室が一瞬で静まり返った。クラス全員の視線が僕に突き刺さってとても居心地が悪い。多分、僕の言葉を聞いて静かになってくれたわけではない。普段クラスの中でも地味で目立たない僕が、こういう変な行動に出たことに驚いたのだろう。

「なんだ、蒼樹。変なこと言ってんじゃねえぞ」

一瞬の間のあとにそう脅《おど》しつけてきたのは、高校生だというのに短く刈り上げた頭を金色に染め、やたらと攻撃的な目つきと態度が特徴的な男子生徒、山岸優だった。背が高くて筋肉質な彼はこのクラスにいる不良たちをまとめ上げるリーダーのような存在で、おそらく僕たちがこんな状況に立たされた原因を作ったうちの一人だ。

「あ？　殺される？　は？　ざけんなよ」

山岸は威圧的な体と高圧的な態度で僕を嬲《なぶ》ってくる。

「なんでそんなこと知ってんだよ」

「そ、それは……」

君より先に起きたからだ、と理由を言えばいいだけなのに、舌がもつれてうまく説明できない。これまで山岸に何度も理不尽に殴られた記憶がよみがえる。

彼の視線を受けるだけで反射的にすくみ上がってしまうほど、僕は山岸を恐れていた。

「つうか降りろてめえ。なに見下ろしてんだよ、あぁ？」

「ご、ごめ――」

『いや～、一人二人殺して黙らせようと思ってたのに静かになっちゃったなぁ。残念残念』

場にそぐわないほど底抜けに明るい女性の声が割って入る。

「あぁ⁉」

山岸がその女性の方――つまりテレビの方を振り向いた。

『チャオー、初めまして。突然だけど私があなたたちの命を握ってるって言ったら信じる？』

テレビに映る女性は、笑顔でそんなことを言っている。酷く現実感がないのに、彼女の言葉は全て真実であると僕には感じられた。

だって彼女はきっと、理性のタガが外れてしまっているから。

「なんだてめぇ。フカしてんじゃねえぞ。やれるもんならやってみろや」

山岸の矛先が僕からテレビの女性に移ったことに胸を撫《な》で下ろしつつ、僕はこっそり机から降りる。その間も、山岸はテレビに向かって怒鳴っていた。

「お前が俺らを眠らせたのか？　ぶっ殺してやっから出てこいや」

「なー。できねえと思うんじゃねえぞ」

不良グループのリーダーである山岸が強気に出たからだろう。仲間たちも口々に強気な発言をし始める。だがテレビの女性がそんな脅しに屈するはずもなく、笑顔で勝手に話を続けていく。

『私は君たちが死ん――の一度しか――ないからよく――――』

「あぁ？　いい加減にしろよてめえ。ここから出しやがれ」

山岸たち不良グループのメンバーは、女性の言葉に被せるように脅し文句を並べ立てた。おかげで彼女の言っていることの半分も聞き取れない。この異常な空気を感じ取って他のクラスメイトたちは全員黙ってるのに、彼らはそんなこと気にする素振《そぶ》りも見せなかった。

そんな空気の読めない不良たちのことを、よく思わない人がいないわけではない。立ち尽くしているクラスメイトたちを掻き分けながら、一人の男子生徒が山岸の前に進み出る。

「いい加減にしろ、山岸っ。今がどうなってるかも分からないんだ、少しは静かにできないのか」

「あぁ⁉　今更いい子ぶるんじゃねえよ、多治比《たじひ》。そういうところがうぜぇんだよ」

どのクラスにも一人はいる、学級の中心となる存在。うちのクラスでは、多治比正邦《まさくに》という男子生徒がそれだ。彼は活動的かつ嫌味のない性格で、恵まれた体格を生かしてバスケ部の部長を務めている。さらに爽《さわ》やかな外見も相まって、女子からの人気が非常に高かった。

「今更だからだろう。お前はあんなことがあっても反省しないのか！」

「俺に関係ねえんだよ！」

多治比と山岸の二人は、正面切って睨《にら》み合う。周りの空気は間違いなく多治比の味方だが、山岸はそんなのに怯《ひる》むような生易《なまやさ》しい不良ではない。むしろ疎外感《そがいかん》に対して意地になり、さらに噛みつくような奴だった。

『それじゃあ首輪のソレが本物だと信じられない人たちのために〜、ＶＴＲをどうぞ〜』

首輪を触ろうとした僕に注意してきたし、教室内で起きていることが見えているらしい。隠しカメラか何かを通して監視しているのかもしれない。

それなのにまるで何事もなかったかのように話を進めていくのは、本当に僕たちがどうなってもいいからだろう。

「うるさい！　静かにしてよ、山岸！」

その時、女子からも文句の声が上がった。

「あぁ⁉　……って河野か」

山岸を怒鳴りつけたのは、女子グループの中でも最上位のヒエラルキーにいる存在、河野詩織だ。長いストレートの髪を怒りで揺らし、形のいい眉《まゆ》をつり上げている彼女は、クラスの女王様と陰口を言われるほどの美貌《びぼう》と、高慢さを持ち合わせている。

「映像が始まる。見逃したらどうするの？」

「……そうか」

あれほど怒っていた山岸が、その一言で魔法のように大人しくなった。

理由は分かっている。山岸は河野に対して気があるのだ。もちろん歯牙《しが》にもかけられていないのだけれど。

うるさかった原因が口を閉じたことで、教室の中が水を打ったように静まり返る。テレビの音声を聞き逃す心配がなくなり、また、険悪な空気が多少なりとも収まったことで僕はこっそりと吐息を漏らした。

全員の視線がテレビに集まる中、映像が真っ暗なものに切り替わる。

『違うんだ！　頼む、やめてくれ！』

そして、必死に懇願《こんがん》する男の声が流れた。

「……今の声、佐竹《さたけ》先生じゃないの？」

女子の誰かがそう言った。確かに言われてみれば、それはこの二年一組の担任である佐竹正則《まさのり》先生の声だった。

映像の中でがさっと布が擦《こす》れるような物音がし、画面の中心にパッと白い光の円が現れる。撮影者がカメラに付けられたライトを点灯させたらしい。

ライトに照らされて映ったのは、教員室と思われる部屋だった。その真ん中で、スーツ姿の佐竹先生がまるで土下座でもするように床の上に両手をついて四つん這いになっている。

『まったく～。台本通りに話してくれないとダメじゃないですか～』

再び女性の声が聞こえたと思ったら、ぐるりと画面が回転する。そして先ほどまでテレビに映っていた女性の顔が現れた。

『はーい、それじゃあ今からあなたたちの首に付いた爆弾のことを説明しまーす』

「爆弾ってどういうことだよ！」

「何よそれっ」

「黙ってろっ！」

あちこちから悲鳴が上がったが、山岸が怒鳴りつけたことですぐにざわめきが収まった。先ほどとは立場が逆転している。彼も今の状況の深刻さを認識したのかもしれない。

『頼む、やめてくれ。殺さないでくれ。すまなかった、謝るから！』

佐竹先生は命の危険が迫《せま》っていると本気で信じているみたいに、ガタガタと体を震《ふる》わせ命《いのち》乞《ご》いをしていた。

『だからぁ、台本通りにしてくださいって。役に立たないなら今すぐ殺しますよ』

女性の言葉に息を呑んだ先生が、すまないすまないと念仏を唱えるように謝り続けながらゆっくりと起き上がって頭を上に反らす。

佐竹先生の首元には、僕たちがしているものとまったく同じ首輪が取り付けられていた。

『見える～？　この首輪が爆発する条件って三つあるの。よく聞いておいてね』

言われなくても僕らは画面から視線が離せなかった。全神経を集中して、たった一言も聞き逃さないように耳をそばだてる。

『一つ目は、首輪を無理やり外すこと。ヤンチャな人が引っ張ったら結構簡単に外れちゃうから気を付けてね？　死にたいなら別だけど』

眠りから目覚めた時、首輪を無理に外そうとしたクラスメイトがいなかったのは本当に幸運だった。もし外そうとして爆発し、死人が出ていたら、おそらく教室の中はパニックに陥《おちい》って、今のように静かに話を聞くなんて不可能だっただろう。

『二つ目は、この宮城原高校の校舎から出ること。出た瞬間に爆発して死んじゃうからね』

……ということは、ここはどこか別の場所に作った似ているセットとかではなく、やはり本当に僕たちの通う学校なのか。それなら、どのくらい時間がかかるかは分からないけど、いずれ間違いなく警察や救助の人たちが来るはずだ。

時間制限があることに、少しだけ、本当に少しだけ安堵《あんど》する。

『最後の一つは、この制御用のリモコン』

女性はそのリモコンとやらを画面に映す。それは、コードとアンテナが付いている箱状のものをタブレットの上部に取り付けた装置で、一般的なリモコンとはだいぶ形が違った。

『これで私はいつでも、好きな人を、好きな時に殺すことができる。分かった？』

分かった？　と言われたところで、あまりにも非現実的で実感が湧かないのだろう。僕の周りでテレビを見ているクラスメイトたちは、みんな懐疑的《かいぎてき》な表情を浮かべていた。目覚めてから時間が経ったことで、正常性バイアスのようなものが働き始めたのかもしれない。

だけど、僕はこの女性が真実しか話していないことを確信していた。

彼女は一見明るく振る舞っているが、内心では間違いなく怒り狂っている。

怒りが大きすぎる故《ゆえ》に、怒鳴ったり暴れたりするなんて普通な方法で表現しないだけ。

そして、今ようやく僕らに復讐《ふくしゅう》できるようになって、嬉しくてたまらないだけなんだ。

僕は彼女が何者なのかほとんど確信している——もしかしたら、他のクラスメイトも同様かもしれない。

『はい！　それじゃあ信じてくれない人のために、実際に爆発させてみよう！』

『やめてくれぇぇ！』

僕の予想を裏付けるように、女性は楽しそうにそんな決断を下した。

『申し訳ないと思っている！　私が力不足であんなことになってしまったことは本当に後悔しているんだっ——いえ、しています！』

自分の死が避けようのないものだと悟ったのか、佐竹先生は顔じゅうを涙と鼻水でぐちゃぐちゃにしながら、必死で女性に縋《すが》りつく。画面がひっきりなしに揺れ動き、ノイズに交じって佐竹先生の懇願が聞こえてきた。

『心から、心から謝罪させていただきます！　ですからお願いします、殺さないでください！』

『大丈夫大丈夫。爆発自体は大したことないから、会見で見せた面《つら》の皮の厚《あつ》さなら耐えられるって』

『あ、あれはマニュアルがあるからそうしただけなんですっ。校長と教育委員会から命令されて仕方なく言ったことなんです！』

『へー、それでいじめの事実はありませんでした、なんて言えちゃうんだ』

『そうすればいじめた生徒をSNSの攻撃対象から逸《そ》らすっていう効果があるからそういう風に言うことが決まってるんですっ！　私の意思じゃありませんっ！』

『うわっ。優乃のことは守らなかったのにいじめっ子のことは守るんだ。すごいね』

そうだ、それがきっとこの人の理由。

こんなことをしでかした動機。

彼女は、僕たちへの復讐をするつもりなのだ。

『私だって守りたくなんてないんです、あんな奴ら！　でも、たとえどんなことをしても全ての生徒を守るのが教師の役目だと言われて……』

『そう言われて納得したのかー。立派な先生だ。感動で涙が出ちゃいそう』

女性は欠片《かけら》もそう思っていないことが分かる棒読み口調で言うと、佐竹先生を蹴り飛ばした。

しばらく画面が揺れ動いたが、やがて佐竹先生が床に寝転んで呆然と中空を眺める顔が映し出されたところで静止する。それは、決して逃れられない死を前にして、心の全てが絶望で埋め尽くされている人間の顔だった。

『はい、それじゃあこれが佐竹先生の最期の授業です。みんな、よく見ててね～』

女性は場違いなほど明るい声でそう言うと、タブレット型のリモコンを佐竹先生の方へ突き出し、スッと親指で画面をタップした。

瞬間、パンッという運動会で使われるピストルのような乾いた破裂音が響き、同時に佐竹先生の首元から赤い霧《きり》と白い煙《けむり》が噴き上がる。

「きゃぁぁぁっ」

ゲームや映画などとは違う、本当の殺人。

作り物ではない衝撃的な映像を見たせいか、クラスの女子何人かが悲鳴を上げる。それを皮切りに、教室の中が一気に混乱のるつぼと化したが、それを注意できる人はいない。そんなことをできる余裕が、誰にも残っていなかった。

『が……ひゅっ……ごぷっ』

佐竹先生は首元を吹き飛ばされてもまだ命があるのか、傷口に手をやって苦しそうに身悶《みもだ》えていた。手の隙間《すきま》からは鮮やかな赤い液体がドロドロと溢《あふ》れ出す。そのまま数秒間、佐竹先生は顔を強張《こわば》らせながらガクガクと痙攣《けいれん》し……目を見開いたまま命を落とした。

佐竹先生は、あまり熱心な先生ではなかったかもしれない。それでも一応問題を解決しようとして動いて……結局なんの成果も上げられず、無駄な徒労に終わってしまった。しかし、こんな風に殺されてしまうほど悪いことをしたとは、僕にはどうしても思えなかった。

『以上、首輪の機能についての説明でした～。それではスタジオにお返ししま～す、ばいば～い』

相変わらず軽い口調で女性がそう言うと、ぶつっと嫌な音を立てて映像が途切れた。

◇

真っ暗な画面を前にして、全員パニックを起こしていた。意味もなく怒鳴る人、恐怖のあまり首輪を外そうと試みる人、それを必死に止める人、ショックのあまりその場に座り込んで泣き出してしまう人、教室から逃げ出そうとドアを開けようとし、窓を必死に叩く人……。

それぞれが好き勝手に動いていた。

そんな中、一拍間をおいてからテレビが点灯する。

『いやぁ、こ――初め――から手間――ちゃった、ごめ――』

騒音のせいで、声が、聞こえない。

「ふざけんな！　これ外せ！」

「いや、お母さん助けてぇ！」

「おい、こんなところ出るぞっ。どうせハッタリだ！」

「静かにしろっ！　みんな、静かにするんだっ‼」

正義感の強い多治比が必死になってみんなを鎮《しず》めようと怒鳴っているが、それが余計混乱に拍車をかけてしまっている。今パニックに陥ってしまったみんなは、もう冷静な判断なんてできないようだった。不良グループたちは雄叫《おたけ》びと共に出入り口へと突進し、ドアを足で蹴りつける。その勢いでドアが外れたが、窓と同じく出入り口を覆うように金属板が取り付けられていたらしく、扉と固定された金属板とがぶつかって派手な音を立てた。

「やめろ、山岸っ。勝手な行動を取るなっ」

「うっせぇ‼　俺に命令してんじゃねえっ‼」

テレビではまだ女性が何か言っているのに、それを無視して喧嘩《けんか》まで始まってしまう。

これからが重要なはずなのに。今まさに、僕らの命に関わることを言っているはずなのに。

「ごめん、どいてっ」

僕は生き残るために少しでも情報を得ようとして、クラスメイトを掻き分けながらテレビの方へと進む。しかしテレビの位置はみんなが殺到している出入り口の近くにあるため、容易に近づくことができなかった。

「おい、天井にカメラがあるぞ！」

誰かの声がして視線を上に向けると、教室のちょうど中心、それから四方に監視カメラが取り付けられているのが見えた。

「取っちまえ！」

「よしっ、机押さえてろ」

正直、耳を疑った。

そのカメラは間違いなくあの女性が、僕らを監視するために設置したものだ。そして、僕らの首にはいつでも起爆できる爆弾が取り付けられている。下手にカメラに触れたら最悪の結果しか予想できないというのに、パニックに陥った彼らは、そんな簡単なことすら考えられないみたいだった。

「やめてっ」

僕が叫んでも、他の物音に掻き消されてしまって届かない。直接止めようとしても、人の波に呑まれてしまっている状況では不可能だった。

「ダメだよ、そんなことしたら！」

僕の言葉もむなしく、一人の男子生徒が机の上に飛び乗って天井へ手を伸ばした。

その指先がカメラに届きそうになった瞬間――。

――パンッ。

乾いた音と同時に、先ほど映像で見たものと同じ、真っ赤な血煙が上がった。

「きゃぁぁぁぁぁっ‼」

悲鳴のあと、一拍遅れてその男子生徒の体が傾《かし》ぎ、どうっと頭から床に落下する。

間違いなく、死んだ。たとえ爆弾による即死でなくとも、あんな倒れ方をして無事なわけがない。

『ねえ、今の高校生ってこんなに馬鹿なの？　私の時は……って私、高校行かずに働いてたや』

教室が静まり返る中、テレビの女性の心から不思議そうな声が響く。

『さっき私見せたよね？　このリモコンでいつでも爆発できるっての。私に不利になることをしてるのにさ、爆発させないわけがないじゃん』

画面に目を向けると、女性が手にリモコンを持っている様子が映し出されている。彼女がどこにいるのかは分からないが、リアルタイムで僕たちを監視していて、テレビを通じて直接やり取りをしていることはもはや疑いようがない。

『お、静かになって良かったねぇ。その子も死んだ甲斐《かい》があったと思うよ』

「……なんで！　なんで匠吾《しょうご》を──人間をそんな簡単に殺せるんだ⁉」

多治比はこのクラスの中心的な存在だけあって、いろんなクラスメイトと仲がいい。今死んだばかりの中砂《なかさご》匠吾も、多治比とよく一緒にいるのを見かける一人だった。

『なんで？　あなたたちも殺したじゃない、偽善者《ぎぜんしゃ》クン』

あれほど激昂《げきこう》していた多治比が、その一言で黙り込む。

そう。彼女の言う通り、僕たちも一人のクラスメイトを死に追いやってしまっていた。

『私のたった一人の妹、古賀《こが》優乃を殺したじゃない。忘れたの？』

古賀優乃。

彼女はこのクラスで酷いいじめにあっていた。いたずら書きなどの嫌がらせや無視、配布物や持ち物を捨てるなどは当たり前。人格を否定するような暴言や暴力が振るわれ、性的な暴行もされたんじゃないかって噂まであった。

もちろん、いじめの件は噂になるくらいだったから、何度か先生たちの介入があったけれど、全て無駄だった。注意があると一時的になりを潜めたようではあるが、時が経てばまたいじめが再開してしまう。しかも、次はより陰湿に、より激しく。

そんないじめがずっと続いて、耐えられるはずがなかったのだ。

彼女は一カ月前、首を吊って自分で人生にピリオドを打った。

――自殺、してしまった。

『そういえばあなたたち全員、私に誰だとは聞かなかったよね。やっぱり分かってた？』

もちろんだ。

テレビに映る女の人の顔は、死んだ古賀優乃と似ている。関係ないと考える方が不自然だ。

『今自己紹介しておこうか。私の名前は古賀彩乃《あやの》。あの子の家族で肉親で、あの子がこの高校で楽しく学校生活を送っていると思い込んでいた間抜けな姉』

「あ、あいつは勝手に自殺したんだ！　俺は殺してない！」

恐怖、罪悪感、逃避……。様々な感情から、山岸が自分を正当化するかのような言い訳を口にする。呆れてしまうような言葉だったが、それはテレビの女性――古賀彩乃の神経を逆撫でするのには充分だったらしい。

『へぇ』

彩乃は手に持ったリモコンを操作して――。

『なるほど――ねぇ』

途中で手を止めた。

画面越しにでも見て取れるほど、彼女の手は怒りに震えているのだが、それでも彼女は決定的な操作を――いじめの主犯である山岸の殺害をしなかった。理由は分からないが、感情のままに山岸を殺したくはないようだった。

もっとも、この状況を破綻《はたん》させる可能性が生じた場合は嬉々《きき》として殺すのだろう。中砂をためらうことなく殺害したように。

『なるほど……ね』

彩乃は何度も深呼吸をして、自分の感情を飼いならそうとしているように見える。やがて時間をかけてそれに成功したらしく、彩乃は再び歪《いびつ》な笑みを浮かべた。

『……話を戻すけど、さっきのカメラを壊そうとするみたいな、私の不利に働く行為をした人は容赦なく殺すから。それは理解しておくように』

その言葉に逆らえる者は、誰もいなかった。

沈黙を肯定と取ったのか、彩乃は満足げに頷《うなず》く。

『それじゃあ、これからあなたたちにはちょっとしたゲームをしてもらうけど、嫌とは言わないよね』

そして、そんな不穏《ふおん》なことを言い出した。

一時限目――残り生徒数 28人

「な、なんでそんなこと俺らがやらなくちゃならないんだよ！」

『そんなに難しいゲームじゃないからダイジョブダイジョブ』

男子生徒の一人の恐怖からの反発を、彩乃はパタパタと手を振っていなす。そもそも彩乃は教室を封鎖し、僕たちの首に爆弾を仕掛け、人を二人も殺したのだ。ゲームを拒否させるつもりなんて、絶対にない。

『そこの教卓の中に機械があるんだけど、誰か出してくれる？』

そこの、というのは黒板の前に設置してある教卓のことだろう。だが、彩乃の指示に従って動く者など誰一人としていなかった。僕も、下手に動けば何かされるんじゃないか、ゲームとやらの見せしめに使われてしまうんじゃないかと思ったら、足が凍《こお》りついたように動かなかった。

誰もが動かず体を固くしている中、ただ一人、多治比だけが動き出す。彼は教卓の中を覗《のぞ》き込み、数字を打ち込むためのテンキーボードを改造したような四角い機械を取り出し教卓の上に載せた。

『はい、ご苦労様。それじゃあゲームのルール説明をするね』

そう言って彩乃も同じような機械を足元から持ち上げ、カメラに近づけて画面に映す。機械には上部に長方形のモニターが取り付けられ、その下には0～9までの数字やエンターキーが書かれた、押しボタンが並んでいた。

『今、あなたたちのいる教室には、カードが二十八枚隠されています』

こういうカードね、と言いながら、彩乃は機械を画面から外して代わりに名刺サイズのカードをかざす。

そのカードには、0111と、四桁の数字が書かれていた。

『カードを探して、そこに書かれた数字をこの機械に入力して……』

彩乃は呟《つぶや》きながら、機械に数字を入力してみせる。

機械上部のモニターには、0111との数字が並んだ。

『エンターを押す。これだけ。簡単でしょ？』

彼女がエンターを押した瞬間、ピポッという音がして、上部のモニターが黄色く点灯した。

確かに簡単だ。

でも、僕は激しく嫌な予感がした。何故わざわざ二十八枚なのだろう。僕たちのクラスは三十人クラスで、優乃が自殺してしまったことで二十九人に減った。つまり、先ほどまでは二十九人がこの教室に存在していたのだ。

……カードが一枚、少ない。

『そうそう、今一人死んじゃったからさ』

彩乃はしゃがむと、え～っと、と画面外で何かを確認してから再び画面に戻った。

『0823のカードは使用不可にするね。つまり、有効なカードはあと二十七枚』

二十七……今生きている人数より、一つ少ない数だ。

『コードは一度使用したら無効。それから二十分以内にコードを入力できなかった人には……』

にたりと、彩乃が嬉しそうに嗤《わら》う。

それで、理解した。復讐のためにただ殺したのでは生温《なまぬる》い。子どもが平然と虫をいたぶってから殺すように――。

『……死んでもらうね』

彩乃も僕たちを弄《もてあそ》び、オモチャにしてから殺すつもりだ。僕たちはそのためにこの場所に集められたのだ。

「どけよてめえらぁっ！」

誰かの怒鳴り声を皮切りに、みんなが走り出す。

「邪魔すんなぁ！」

「ちょっ、そこ私の机でしょ⁉」

「知るかよっ」

「痛いっ。やめてぇ！」

隣にいるクラスメイトを突き飛ばし、同じ場所を探ろうとする者を殴りつける。罵倒《ばとう》が飛び交い、あちこちで悲鳴や泣き声が上がる。たった一人の犠牲者になりたくないから。

クラスのみんながそうやって血相を変えてカードを探し始める中、僕は呆然とその場に立ち尽くしていた。

やがて。

「あったぁ!」

という歓声と共に、第一のカード発見者が現れる。彼は喜びながら人や机を掻き分けて進み――横から殴り飛ばされた。

殴り飛ばしたのは、不良グループの一人である倉木剛久だ。

倉木はそのまま第一発見者の上に馬乗りになると、何度も拳を叩きつける。よほどの力で殴っているのか、ごっ、ごっという鈍い音が喧騒を貫いて僕の耳にまで届いた。

やがてぐったりとした様子の彼からカードをもぎ取ると、トドメとばかりに唾を吐き捨てる。不良グループの面々は、古賀優乃の命を奪ったというのに、人を傷つける行為に迷いなど一切感じられない。命がかかった状況ではなおさら他人から奪うことに躊躇《ちゅうちょ》はないようだ。

「黙って渡すのが筋《すじ》ってもんだろ」

倉木はそううそぶくと、不敵な笑みを浮かべながら教卓まで歩いていく。同じように奪う方が手っ取り早いと判断したのか、他の不良メンバーも探すのをやめて教卓の周りに集まり始めた。

「お前らも俺らの分を早く探せよ」

山岸が偉そうに命令した。誰もが反感を募《つの》らせるが、男女合わせて六人もいる不良グループにはなかなか逆らえない。クラス全員でかかれば彼らに勝てるだろうが、二十分という短い時間の間にそんなことをしているくらいなら、カードを探す方がまだ建設的だった。

「え～っと、１２３０っと……」

倉木が奪ったカードの数字を入力してエンターを押した瞬間――パンッと破裂音がして、倉木の喉元から真っ赤な血が噴き出した。

倉木は信じられないという顔をして、言葉の代わりにゴポリと音を立てて……その場に崩《くず》れ落ちる。不良グループの連中も完全に言葉を失い、死にゆく倉木を呆然《ぼうぜん》と眺《なが》めることしかできなかった。

言われた通りに数字を入力したのに、殺されてしまった。

全員の頭に去来した、何故？　という疑問は――。

『バッカだね～。私、ルール説明の途中だったんだよ？』

けらけらと笑う彩乃の笑い声で引っ掻き回される。

『私の説明を最後まで聞かずに大声上げて探し回るからそうなるの、あははは……』

間違いなく、わざとだろう。彼女は持って回った言い方をして、みんなの恐怖心を煽《あお》り、やってはいけない行動を、ルールを聞く余裕をなくしたのだ。

『私はさ、優乃を奪われたんだよ？　そんな私が、他人から奪うなんて行動、許可するわけないじゃん。譲渡は許すけど、奪うのは駄目。はい、これでルール説明はおしまぁい』

「なっ」

『というかさぁ……一般常識として他人のものを奪うのはダメでしょ。犯罪だよ？』

確かにそうだ。だが、それ以上の罪である殺人を犯している彼女が言うのは、とんでもない皮肉に思えた。

「てめぇっ！」

山岸がキレて、ツカツカとテレビに歩み寄る。もしそこに彩乃がいたのなら、殴りかかっていただろう。それができない代わりにテレビを両手で掴んで思い切りねめつける。

「舐めんなよ、ぶっ殺してやる！」

『あ、そ。でもいいの？　君がそんなことしている間に、他の人たちがカード見つけたら君の人生が終わるよ？』

山岸が食ってかかっている間に、他の不良メンバーは既《すで》にカードを探しにかかっている。

そして、奪われる心配のなくなったクラスメイトたちが、見つけたカードを手に次々に機械へと殺到していた。倉木に殴られた男子生徒も起き上がり、再びカードの探索に戻った。

じりじりと迫りくる死の足音に耐え切れなくなった山岸は、即座に身を翻《ひるがえ》すと人の群れに突っ込んでいく。

「――くっそ、退《ど》けテメェらぁ‼」

他人を妨害しつつ探そうとでもいうのだろう。みんな、必死になって生きようとしていた。

なのに……。

「僕も、探さないといけないんだよね……」

　僕はそんな気にはなれなかった。理由は分かっている。僕は——僕も、古賀優乃を傷つけてしまった一人だからだ。彼女と同じく不良グループにいじめられていた僕は、自分が傷つかないために言われるがままに彼女を無視したし、悪口に対しても愛想笑いを浮かべながら頷いた。

　それから……僕が、僕の言葉が、彼女の背中を押してしまったんだ。僕があんなことを言わなければ、彼女はまだ生きていたかもしれない。だから、彼女の姉に殺されるのなら、それが正しい気がしてならなかった。

「時間まで、どうしよう」

　ふと、床に転がる中砂の死体が目に入る。この混乱の中、何人かに蹴られ、踏んづけられてぐちゃぐちゃになってしまっていた。

「…………」

　これ以上傷つかないところに運んであげれば、彼の両親も喜ぶだろう。

　それが最期にできる善行なら——。

「あれ？」

　一歩踏み出した時、ズボンの左ポケットに違和感を覚えた。焦《あせ》っていた時には分からなかったが、死を覚悟して冷静になった今だからこそ気付けた微《かす》かな異物感。その正体を探るために僕は手を突っ込み、それをつまみ出す。

「…………なんで？」

僕の左ポケットの中に入っていたもの、それは、四桁の数字が書かれたカードだった。

◇

カードは十分としないうちに全て見つけられてしまった。それは同時に、処刑される生徒も決まってしまったということだ。

「ねえお願いっ。誰か私にカードをちょうだいよ！」

死を押しつけられたのは、柴村伴子《しばむらともこ》。身長は平均より少し上。髪の毛を肩口くらいまで伸ばし、どこにでもいるような顔つきをした普通の女の子だ。

「お願いだからぁ！　何でもするからっ‼」

柴村は涙で顔をぐちゃぐちゃにして、機械に並ぶみんなへ向けて懇願する。

「ねえ吉屋《よしや》。前私に告白してくれたよね。私のこと好きにしていいよ、なんでもしてあげるから。だから……」

性的な意味すら含む言葉。だが、そんな誘いを、吉屋と呼ばれた男子生徒は冷たい視線で一蹴して機械に自分のカードの番号を入力する。色仕掛けが通じないと悟った柴村は、すぐに視線を移して今度は別の女子生徒に縋りついた。

「――華凜《かりん》、私たち友達だよね。譲ってよ、ねえ」

「やめて、来ないで」

「お願い、私まだ死にたくないの。いいでしょ？」

「…………」

柴村はそれから何度も何度も頭を下げ、いろんな人に縋りついて、時には土下座すらした。でも、もちろん誰も譲るわけがない。カードを譲ることは、すなわち自分の命を差し出すのと同義なのだから。

みんながみんな、気まずそうな顔で目を背《そむ》け、カードの番号を入力していく。あの正義感の強い多治比ですら、今回ばかりは手を差し伸べることができずに列に並んでいた。

「やめろっ」

柴村は一人の男子生徒にしつこくすり寄っていたが、蹴り飛ばされて無様《ぶざま》に床を転がる。

「ちょうだいよぉっ。私死にたくないのぉっ！　ねえ、みんなぁっ！」

死にたくない。それはみんなも同じだ。だから、誰もが気まずそうに視線を逸らす。

自分は死にたくない。だからお前が死んでくれ、と。

『あはは……地味子《じみこ》ちゃん。優乃の気持ち、分かった？』

テレビの中から彩乃が楽しそうに、地味子ちゃん……つまり柴村に告げる。彼女は多分、僕たちにこの気持ちを分からせるためにこのゲームを仕組んだのだろう。

柴村は今、クラス全てが敵になって、たった一人で死んでいく。それは、いじめられ、クラスの中で孤立し、たった一人で死んでいった古賀優乃と完全に同じだった。

違うのは、その悲しみと苦しみが、はっきりと分かる形で目の前に存在していること。

「分かりましたぁ。分かったからぁ。ごめんなさい、謝ります。許してくださいっ」

『絶対、許さないけどね。ここまでしないと分からないって、結局分かるつもりがないってことだからさ』

自分の番になってからようやく自覚する。そんなのは、致命的なまでに遅すぎた。古賀優乃が自殺する前に気付いて、止めなければならなかったのだ。

どれだけ謝罪しても、彩乃にとっては今更でしかない。むしろ怒りは募るばかりだろう。

「あああぁぁぁ～～‼」

柴村は癇癪《かんしゃく》を起こしたように、床をバンバンと叩く。何もできない。何もすることはない。カードを奪っても、結局死ぬ。彼女が助かるには誰かからカードを譲渡されるしかないが、自分の命を差し出す人は誰もいない。

だから彼女は、絶望しながらただ死を待つしかない――はずだった。

「……柴村さん、これ使って」

「え？」

柴村は信じられないといった感じで、呆然と目の前に差し出されたカードを見つめる。あれほど望んでいたものが目の前にあるというのに受け取ろうとしなかった。罠《わな》だとか、そんなことを考えているのではないだろう。降って湧いた望外の幸運に、思考がついてこられないだけだ。

『…………ねえ、空也クン』

「はい」

カードを柴村の目の前に置いてからテレビを見ると、冷めた目で僕を見つめる彩乃の姿があった。

『君は自殺志願者なの？　それとも死ぬって意味を理解できてないの？』

僕は少しだけ考えてから答えを出す。

「…………多分、前者に近いです」

優乃ほどではないけれど、僕だっていじめられていた。パシリにされたり、嫌味を言われたり、普段から色々な嫌がらせをされていた。クラスに友達だっていないし、学校に行くことが苦痛だった。

そんな風にいじめられることが辛いって分かっていたのに、優乃を無視したり陰口に頷いたりと、自分可愛さにいじめに参加してしまったのだ。結果、取り返しのつかないことになってしまったのだから、復讐を受け入れるのは正しいことだと思う。

僕は臆病だから、最初は死ぬのが怖かった。だけど、彩乃の動機を理解した今、恐怖よりも罪悪感が勝《まさ》ったのだ。

「すみませんでした。僕も、古賀さん……古賀優乃さんを傷つけてしまいました。その罪は、償《つぐな》わないといけないと思います」

僕はそう言うと、テレビ画面に向けて深々と頭を下げた。

これはもっと早くにやらなくちゃいけなかったんだ。悪いことをしたのに、謝りもせずにいるだなんて、絶対にしちゃいけないことなのに……。

僕は、加害者だ。

そんな僕を彩乃は感情の一切籠《こも》らない目で眺め、何事か言葉にしようとして、再び口を閉じる。何度かそれを繰り返したあと、彼女はようやく言葉を絞り出した。

『……あなたに謝られても、もう優乃は帰ってこない。それに……』

チラッと、彩乃は様々な方向に視線を走らせる。

『あなたより悪いことをした奴らが大勢いる。あなたの謝罪がなんの意味になるの？』

「……はい」

『それとも君は、自分だけ許してもらおうってつもり？』

「それはないです。…………僕を許してくれる人は、もう……」

すでに亡《な》い。

死、というものがどこかあやふやで、まったく実感が湧かなかったけれど、彩乃が仕掛けたこのゲームでその意味をはっきりと思い知らされてしまった。死とは不可逆であり、どれだけ後悔しても絶対に戻らない、取り返しがつかないことなのだと。

『そうだね。優乃はもう死んじゃったもんね』

「はい、すみません……」

そして彩乃は口を閉ざす。他の何よりも、彼女の沈黙は痛かった。

カードを持ったクラスメイトたちが、無言でカタカタと数字を入力して生きながらえていく中、僕一人だけは、冷たい死が一歩一歩忍び寄ってくるのを感じる。

あと何分、時間が残されているだろうか。

死ぬならどこで死ぬべきだろうか。

母さんたちに、何か言葉を残した方がいいだろうか。

そんな考えが頭をよぎっては消えていく。不思議ともう恐怖はなく、僕という存在を映した映画を視《み》ているような感覚で、まったく実感が湧かなかった。

「あ、あの、蒼樹……ごめんなさい」

番号を入力するための列は消え去り、とうとう最後の一人——柴村も入力を終えた。彼女は真っ赤な目をして、僕から受け取ったカードを返してくる。お礼のつもりだろうか。

変なところで律儀《りちぎ》なのだな、なんて考えながら受け取ってそれを左ポケットに戻す。

僕からすれば、どうでもいいことだ。

「蒼樹。お前、その……本当は強かったんだな……」

「多治比くん」

僕の背後から、申し訳なさそうな顔をした多治比が呼びかけてくる。こんな風に彼から声をかけられたのは、間違いなく初めてのことだった。

「……別に、強いとか弱いじゃないよ」

「でも俺にはできな——」

『あのさー、偽善者クンは何がしたいの？　助けるつもりもないのにさぁ。慰《なぐさ》めのつもり？　それってただの自己満足だよね』

多治比は痛いところをつかれたようで、ぐっと言葉を詰まらせる。彼がどれだけ正義感を持っていようと、反論ができるはずもない。実際に先ほど柴村を見捨て、今また僕を見捨てるのだから。

もっとも、自分の命を差し出せる人間の方が普通ではないのだ。だから、多治比が柴村や僕を見捨てたのは仕方がないだろう。僕は……自分に価値を見出せなかったから、そんなに命を惜しむ人がいるのならって、そう思っただけだ。

『ねえ空也クン、こっち見て』

僕は彩乃に言われるがままに視線をテレビへと向ける。

『実はあと一枚用意してあるんだ。このカードに書かれた番号を入力してもクリアできる』

彩乃が一枚のカードを片手に持ち、顔の横でひらひらと泳がせていた。もちろん番号が見えないように真っ白な裏面をこちらに向けている。

『欲しい？』

試すような目つきに、僕の中で疑念が湧き起こる。もしも、もしも僕のポケットにカードを入れたのが偶然でなく彩乃の意思ならば、彼女は僕に生き残ってほしかったのだろうか。

「欲しいは、欲しいです。僕も、進んで死にたいわけではありませんから」

進んで生きたいわけでもないけれど。

『うん、絶対あげない。これはね、私にとって何よりも大切な番号なの。絶対他人にはあげない』

「……なんであなたはそんなことを言うんですか！」

僕の代わりに多治比が食ってかかる。「偽善者」なんて呼ばれたあとに、僕を助けられる手段を目の前にちらつかせられたら、彼がそれに飛びつくのは仕方がないだろう。

『ん～……楽しいから？』

「なら、もういいでしょう。こんなに人が死んだんだ。これ以上殺す必要なんてない」

『……やっぱり君、偽善者だねぇ～』

「茶化《ちゃか》さないでくださいっ」

僕のことなのに、多治比は僕以上に熱く、必死になってくれていた。彩乃は偽善者なんて言っているけれど、なんとかして僕を助けたいのはきっと本心からの行動だ。多治比は、僕と違っていい人だから……。

言い合いを続ける二人を、どこか他人事《ひとごと》のようにぼんやりと眺める。

必死な多治比の横顔と、つまらなそうな彩乃の顔を眺めていたら――。

「……あれ？」

ふと、あることに気が付いた。

僕に渡さないのにもかかわらず、何故わざわざカードを見せたのだろう。渡すつもりがないのなら、黙っていればいいはずなのに。もしも見せることになんらかの意味があって、それを伝えるためだとしたら――。

『君が死ぬまでの時間はあと五分』

彩乃が無情にも残り時間を宣告する。

あと五分。それが僕に残された人生の時間。

でも、僕はそんな言葉もやけに気にかかった。

彩乃はゲームの前、制限時間は二十分と言った。だが、ゲーム中は誰もスマホを取り出して時間を確認しなかったし、腕時計をつけている生徒もいなかった。両方共、意識を失っている間に取り上げられたに違いない。

僕は教室中を見回す。

この教室には時計が存在しない。いつもあるはずの掛け時計が取り外されていた。

僕たちから時間の感覚を失わせるために、そんなことをしたのだとしたら……。あと何分だとか言っても、僕らにはそれを知る術《すべ》がなくて、それはつまり、彩乃のさじ加減一つで残り時間を決められるということで――。

「……ありがとうございます」

『どういたしまして。ま、せいぜいあがいてね～』

やっぱり、そうだ。

わざとだ。彩乃はわざと僕にヒントを与え、考える時間を用意した。

確信を得た僕は、思考を奔《はし》らせる。今までの言葉を精査し、行動を考慮に入れて。

――そして僕は首を動かし、教室前方、黒板の左隣にある、様々な資料が入れられた棚を視界に入れた。そこは全ての資料が引き出され、床に捨てられてぐちゃぐちゃになってしまっている。しかし、そこに答えがあるはずだった。

誰もが僕を遠巻きに眺める中、僕はそこに近づいて目的のものを探す。

さほど時間もかからずそれ――クラス名簿を見つけると、パラパラめくって……。

「蒼樹、何か手伝うことはあるか？」

彩乃の説得を諦めた多治比が声をかけてくれる。彼は彼なりに僕の力になりたいのだろう。

もう、必要ないけれど。

「ううん、ありがとう。もう、終わったからいいよ」

「終わった？」

多分これで合っているだろうけれど、まだ確実というわけではない。

僕は教卓の上に置いてある番号を入力する機械の前にまで行くと、先ほど確認したばかりの数字を入力して――。

本当に合っているだろうか。そんな疑問が頭を掠《かす》め、鼓動《こどう》が高鳴る。これがダメだったら、僕は本当に死んでしまうのだ。生きられるかもしれないと思った時、僕は一瞬喜びを覚えた。

そうだ。僕だって本当は死にたくなどない。でも、安穏《あんのん》と生きてていいとも思えなかった。

だから柴村にカードを渡したんだ。

それなのに生きてもいいだなんて可能性を、彩乃から示されてしまって――。

結局僕はそれに……しがみついてしまった。

僕の指が、ためらう意思とは関係なしに迷いなく動いてエンターを押す。一瞬のラグのあと、取り付けられたモニターが光って僕の考えが正しかったことを示した。

僕は、生き残ってしまった。

『は～い。それでは第一のゲームしゅうりょ～。今生き残っている人たちは、全員ゲームをクリアしました～。おめでと－』

ぱちぱちと乾いた拍手と共に、彩乃が全然嬉しくなさそうな祝辞を述べた。

「ま、待ってくれ。終わった？　なんで？」

多治比が泡を食ったような表情で問いかける。

『空也クン、説明してあげて～』

彩乃は取り合うつもりなどないのか、手をしっしっと振って面倒事を僕に押しつけてしまった。

「……考えてみれば、簡単なことだったんだ。カードはクラスの人数分あったんだから」

この教室に集められたのは二十九人。そしてカードは二十九枚あった。

そう、最初に彩乃がチュートリアルに使ったカードを含めれば、だ。

中砂匠吾が殺された時、彼女はわざわざ何かを調べて無効になる四桁の数字を発表した。

さらに加えて彩乃の手の中にもう一枚カードが存在したが、これは『彩乃にとって最も大切な四桁の番号』だという。

ここまで整理すれば、ほとんど正解にたどり着いたようなものだ。ヒントはいくつもいくつもちりばめられていた。

ただ僕たちが気付けなかっただけだ。

「僕たちは、一人一人が生まれた瞬間に四桁の番号を手に入れるよね」

「――誕生日か」

多治比が口にした言葉を、僕は頷いて肯定する。

「そして、まだ使われていない番号は、彩乃さんにとって最も大切な番号。つまり、古賀優乃さんの誕生日」

『正解。まあヒントを出しまくった上での正解だから、ギリギリ赤点回避ってところだけどね～』

彩乃はそう言ったあと、「というか」と口元に加虐的な笑みをたたえながら続ける。彼女は多治比の傷口を抉《えぐ》ることが楽しくて仕方ないのだろう。

『偽善者クン。あなた、空也クンを助けたかったんだよね。でも、あなたがしていたことは助けたいフリ。善人の真似事。その証拠に、あなたは私から番号を聞き出そうとするだけでこんな簡単な問題すら考えようとしなかった』

結果論だと抗弁するのは簡単だ。しかし、言い訳《くちびる》をするには問題が簡単すぎた。

何も言い返せない多治比は、悔しそうに己の唇を噛む。

そんな多治比をハッと嘲《あざけ》った彩乃は、矛先《ほこさき》を別の対象へと向ける。彩乃の攻撃対象は多治比だけではない。このクラスにいる全員なのだ。

『数人がカードを見せ合うだけで気付けるよねぇ。でもあなたたちは気付かなかった。なんでか。カードを取られたくなくて隠したから。わざわざルールで奪うのを禁止したのに、周りの誰も信じなかった。それどころか、用済みになったカードを見せ合い、法則を探して残った一人を助けようともしなかった！』

それはまさに、古賀優乃が自殺したことの再現。

自分たちの歪《ゆが》みを誰か一人に押しつけて、それが当然と、それで仕方ないと終わらせてしまうこと。

『アンタたちはそういうクズなんだよ！　どこにでも当たり前に存在している、人間って名前の付いた汚物《おぶつ》だ！　アンタたちの間にある信頼も友情も何もかもが嘘、薄っぺらいゴミでしかない！　お前たちに存在価値なんてない！　少しでもマシな存在になりたかったら今すぐ自分で首を括《くく》れ！』

言葉の刃がみんなの心に突き刺さり、抉り、破壊する。人の一番見たくないであろう醜《みにく》い部分を引きずり出して眼前にさらけ出した。

……そして、僕はみんなより先にそれに気付いた。僕が、そんな最低な存在だってことを既に思い知っていたから、僕は罰を受けようと思ったのだ。

でも――。

「人殺しがえらそうに説教かよ」

その事実をまだ認めようとしない奴がいた。率先して優乃をいじめた山岸だ。

それだけでなく、普通の生徒の間からも不満が上がる。

「そうさせない状況に追い込んどいて……！　言うだけならなんとでも言えるでしょっ」

自分は悪くないと己の罪から目を背け、相手の罪の方が大きいから仕方ないと、自分は無罪だと、河野をはじめとした女子生徒が主張し始めた。

誰もが自分は悪だと認めたくない。だから——人のせいにする。自分以外の何かが悪だと決めつけ攻撃して自分を正当化する。人間ならば誰しもが行う、ごくごく普通の醜い行為だ。

『人殺しはお前たちもだろうがっ‼』

彩乃の怒声に対し、クラスメイトたちが次々と反論する。

「俺たちは殺してねえ！　アイツは自殺だ！」

「アイツが勝手に死んだだけだっ」

「ちょっと口きかなかっただけでしょ。あの娘が弱すぎるだけ」

不満という形で一度噴出した感情は、もう止まらなかった。

口々に、好き勝手に、自由に、言いたい放題、思い思いの理由を吐き出していく。その内容がどれほど身勝手に聞こえたとしても、彼らにとってはそれが真実。心の拠《よ》りどころ。

決して手放すはずがない。

「やめろ！　言いすぎだ！　みんなやめるんだ！」

必死になって多治比一人がクラスメイトたちを抑えようと大声を上げる。しかし二十五人に対して一人では焼け石に水にもなっていなかった。

そんなクラスメイトたちを前に、彩乃は――。

『あはは――っ』

笑った。

哄笑《わら》った。

嗤笑《わら》った。

嘲笑《わら》った。

嘲弄《わら》った。

冷笑《わら》った。

失笑《わら》った。

憫笑《わら》った。

愚弄《わら》った。

嘲謔《わら》った。

『最高だよ、あなたたち。最低に最高！　そこまで突き抜けてると思わなかった！　まさかそんなにも腐ってるだなんて思わなかった。数人、多くて十数人かなって思ってたのに、ほとんど全員だなんて！』

本当に、心の奥底から、魂ごと震わせるように。古賀彩乃は笑い尽く《しっぽう》しているようだった。

二時限目――残り生徒数　27人

彩乃は顔面を片手で抱えるようにして笑い続ける。目から涙を零《こぼ》しながら、体をくの字に折って、楽しそうに、嬉しそうに。もう、彼女のタガが外れてしまったのかもしれない。あまりにも一つの感情が振り切りすぎて、溢れ出した気持ちが笑いという形でしか表現できなくなっているかのように見えた。

その異様な様子に圧倒されたクラスメイト全員が口をつぐむ。そうなってもなお、彩乃は壊れた人形のようにけたたましい嗤い声を上げ続けた。

正確には分からないが、体感で秒針が五、六周するほどの時間が経ってようやく彩乃は笑いを収め始める。

『あー……くふっ……。うひっ、次行こ。……ひはっ、次』

不気味に痙攣しながらそう言うと、彩乃は人差し指をまっすぐ前に伸ばした。

『掃除用具、いれ。……あるよね』

指先の方向にはないが、確かにこの教室後方の窓際にはスチール製の掃除用具入れが設置されている。ただ、今その掃除用具入れにはダイヤル式の錠前《じょうまえ》が取り付けられていて、開けられないようになっていた。

『空也クン。さっきの番号、入れて』

「……はい」

さっきの番号とは、優乃の誕生日のことだろう。僕は素直に従い錠前を外す。おそらくはこの中に次のゲームに関する道具か何かでも入っているんだろうと思って、ついでとばかりに掃除用具入れを開け――。

扉を開けた瞬間、支えを失った中身が、ぐらりと僕へ向けて寄りかかってきた。

「うわぁぁぁっ‼」

信じられないものに押し倒されてしまった僕は、大声で悲鳴を上げる。掃除用具入れに入っていたものは、掃除するための道具なんかじゃなくて……。

『は～い、みんなのために体を張って授業をしてくれた、佐竹先生で～す。拍手拍手』

ビデオの中で殺されてしまった、佐竹先生だった。

先生の体は既に冷たくなっており、何よりこれが本当に人間の体なのかと疑いたくなるほど固い。皮膚《ひふ》の下にあるのは木材か何かと言われた方がまだ信じられるような感触だった。それでも、血液のサビのような臭い、カッと見開かれた目、どす黒く染まった首元などがあまりにもリアルすぎて、僕の喉奥から灼熱《しゃくねつ》の塊がせり上がってくる。

「うっ」

僕は慌てて口元を押さえると、空いている方の手と足を使ってもがき、床を這って死体から離れた。

『第二のゲームは、先生の体を使ってやるよ』

明るい声で、あり得ないほどに残酷で無茶苦茶な要求をしてくる。先ほどのことで振り切れたのか、こちらを気遣う感じもない。

『死んだ先生のお腹を切り開いて、この教室を封鎖している鉄板の鍵を入れておいた。それを取り出すだけ』

取り出すだけ。言うのは簡単だ。でも実際にそれをすると、地獄のような絵面になることだろう。何より死んだ人を冒涜《ぼうとく》するような真似は、絶対にやりたくない。

『ああでも、禁止事項として、道具を使ったら即アウト。手とか足も使っちゃダメ』

「……ならどうすりゃいいんだよ！　取れねえだろうが！」

山岸が怒声を上げた。

『アンタたちがトイレで優乃にした方法を使えばいいでしょ』

トイレで行われたいじめ。

その内容は女子グループが積極的に噂を広めてみんなでせせら笑っていたから僕も知っている。汚水まみれの便器に彼女のヘアピンを投げ入れ、口で取らせたのだ。トイレを舐めただの、ションベンを飲んだ家畜以下の女だのと色々言われていたのを覚えている。

それをやれ、というのだろう。

『あと、最終的にやるのは一人ってルールね。話し合いでも暴力でもなんでもいいから決めなさい』

ここでもまた一人を犠牲にするよう強要してくる。

つまりはそういうゲームなのだ。今まで苦しんで来た優乃の気持ちを僕たちに分からせるための……。

「……なら、俺が――」

『立候補は不可。分かった？　偽善者クン』

今度こそはと思ったのだろうが、多治比がそうやって自分を奮《ふる》い立たせたところを、彩乃が水を差す。

『あくまでもあなたたちが犠牲者を決めるの』

また、嗤う。

悪魔のように、嫌らしくも顔を歪めて。

『優乃にもしたでしょ？』

そして、第二のゲームが始まった。

◇

誰もがお互いの顔色を窺《うかが》っている中で、最初に口火を切ったのはもちろん――。

「みんな、分かってるよな？」

多治比だった。彼は堂々と、自分を犠牲者にしろと言っていた。先ほど動けなかったことに後悔があるのだろう。古賀優乃の自殺に対する贖罪《しょくざい》のつもりもあるのかもしれない。

「俺を選べ。それで終わる。誰が犠牲者になることもない」

彼は正義感が強く、直接優乃に話しかけることこそなかったものの、いじめに参加することはしなかった。ただ、いじめに立ち向かうこともなかったけれど。

「今度は死ぬわけじゃない。ちょっと嫌な思いをするだけだ」

誰もがそんな多治比の言葉に俯《うつむ》いて、肯定も否定もしない。彼を積極的に犠牲者にするのは気が引ける。しかし自分が犠牲になるのは嫌だ。だから何も言わない、応《こた》えない。黙っていたら決まってくれるだろうと逃げているのだ。

一方僕はどうするべきか迷っていた。

もちろん僕だってやりたいわけではない。でも、このまま黙っているのも今までの古賀優乃を見殺しにした僕と同じだ。そんなことがあっていいはずがない。

「あの――」

「でも、正邦がするのは違わない？」

悩み、しり込みしていた僕の言葉を遮り、河野詩織が長い髪をかき上げながら多治比に文句をつけた。

「いや、誰もやりたくないんだから答えは一つしかないだろ」

「そうかもしれないけど……」

容姿端麗で、女子の中で一番ヒエラルキーの高い河野と、男女問わず人気者の多治比は、傍《はた》から見ていても仲がいいことが分かる。多分、お互いに意識しているか、付き合っているのだろう。だからこそ河野は、多治比にそんな惨《むご》いことなどさせたくなかったのではないだろうか。

「原因を作った奴が責任を取るべきじゃない？」

その瞬間、クラス全員の視線が不良グループ――今は一人減ったため五人になった――の方へと向けられた。

「古賀さんをいじめてたのって、アンタたちでしょ」

「あぁ？」

ふいに矛先を向けられ、山岸が片眉を上げて怪訝《けげん》な顔をする。

もちろん、山岸以外のメンバーたちも顔を上げた。

「やりたがってる奴がいるんだからそれでいいだろうが」

山岸の言葉に対し、河野が反論する。

「やりたいはずないでしょ。みんなが嫌がるから仕方なくやるってだけ。ならもっと相応《ふさわ》しい人たちがやるべきだと思うんだけど」

確かに、特に古賀優乃への嫌がらせや激しい暴力を振るっていたのは不良グループだ。クラスのみんなもそれを証言し、僕も証言をした。先生たちも表向きには庇《かば》ったが、自殺の原因となったのは彼らだという結論を出した。

でも、原因は間違いなく彼らだけではない。

「えっらそーに。アンタもやってたじゃない！」

不良グループの女子生徒の一人、日谷沙耶香が河野に言った。グループ内でも派手なメイクをしたギャルっぽい感じのする女子だ。

明らかに見える形の暴力以外にも、いじめというのは色々存在する。たとえば薄皮を剃刀《かみそり》で切り裂くように、ほんの少しだけ傷つけ続ける、そんないじめ方が。

「毎日毎日せせら笑ったり、陰口叩いたりさ。陰険《いんけん》すぎでしょ」

日谷に続き、不良グループの女子生徒、旗野満も同調する。旗野は量の多い黒髪にウェーブをかけ、薄化粧を施して中身とはかけ離れた清楚《せいそ》な顔に仕上げている。

「あとさ、足引っかけたり無視したりもあったよーに見えたけど。アタシたちはたまーに遊んでただけ。陰険なアンタたちの方がよっぽど原因じゃないの？」

河野たち女子グループも、古賀優乃へささいな嫌がらせを毎日のように行っていた。

それから――。

「おい、お前らもやってただろ？」

山岸とは別の不良、小野田人士が他のクラスメイトを威圧する。

彼の視線の先にいるクラスメイトたちも、空気に流されてそういった行為をしていた。

「俺らのせいにすんじゃねえよ、いい子ぶりやがって」

「そーそー。しかもアンタら口裏合わせてやってないとかそういう気はなかったって言ってさ。卑怯《ひきょう》じゃね？」

ここぞとばかりにクラスメイトをなじる小野田と日谷。

罪の大小を言うならば、確かに不良グループの罪は大きいだろう。しかし、罪の有無で言うのなら、このクラス全員が真っ黒だった。

「やめろ、みんな。そんなこと言う必要ないだろう！　俺がやる……俺にしろってみんなが言えばそれで終わりなんだ！」

そう言って多治比が割って入る。しかし彼は決定的なことを忘れていた。

「正邦はそんなことする必要ないの」

「そうだ、もっとやるべき連中がいるだろ！」

「あぁっ⁉　ざっけんな！」

僕には苗字も怪しいようなクラスメイト達が多治比のために立ち上がる。

第一のゲームの時、もし彼が柴村にカードを差し出していたらどうなっただろう。

間違いなく周りのみんなが止めに入ったはずだ。僕がすんなり受け入れられたのは、あくまでも「こいつが犠牲になるなら仕方がない」と、みんなが許容できる存在だったから。

多治比は違う。

彼は人気者で、彼を犠牲にしてはならないと考える人がたくさんいる。そして人間は、そういった存在のためならば一生懸命になることが多い。相手が本当に望むことが分からないため、最大限の利益を確保しなければならないと勝手に解釈し、結果、本人よりも熱くなってしまう。多治比がいくら命に別状はないからと受け入れようとしても、それを周りの人が許容しない。

——そう、このゲームでは死者は出ない。

だからこそ第一のゲームより押しつけやすいのだ。

多治比の友達と思しき生徒たちが、彼を庇うように引き戻し、不良グループの前に壁を作る。

「いい加減、お前たちにはうんざりしてたんだよ」

「そうよ。授業の邪魔はするし、いっつも無意味に威張り腐ってるし。馬鹿のくせして」

「さっきのカードを探す時だって他人《ひと》のを奪おうとしてたよね！」

人による物理的な壁は、そのまま心の壁を現している。常々抱いていた不良グループへの不満が、こんな異常な状況になって形を持ち始めた。

「ちっと痛い目見ないと分かんねえか？」

小野田がポキポキと指を鳴らして威嚇《いかく》を始める。いつもならこうして暴力を示唆して脅しつければ誰しもが引いていった。けれど今回ばかりは違った。大切な多治比《ともだち》が失われることは避けたいし、何よりここで引けば多治比《ともだち》の信頼を失い、第三のゲーム以降で不利益を被《こうむ》るかもしれない。

だから、彼らは引かなかった。

「やってみろよ。さっき殴られたの忘れちゃいねえからな」

「お前ら現実見ろよ。人数差どんだけあると思ってるんだ」

その男子生徒の言う通り、不良グループは現在男二人に女三人だ。

対して多治比の前に立つクラスメイトの数は倍以上もいる。山岸たちが喧嘩慣れしていたとしても、絶対にひっくり返すことのできない差だった。

「それがどうしたよ」

小野田は強がったのだが、予想外の反抗にあって先ほどまでの威勢は陰りを見せている。

それを感じ取ったのか、多治比を守る生徒たちはさらに強気になっていく。このままだと
不良たちよりも先に、彼らの方が手を出してしまいそうだった。

「山岸、あなたたちの誰かがやってよ」

河野は腕組みをして、山岸に詰め寄る。彼女の背後には何人もの取り巻きが威圧していて、
陰で言われている通り女王様のような圧力を放っていた。

「…………」

山岸はそんな河野や取り巻きたち、そして他のクラスメイトを観察して自分たちが孤立し
つつあることを感じ取ったのだろう。

ちっと舌打ちをすると――。

「咲季、やれ」

不良グループの中で一番背の低い女子に命令した。

「なんでアタシが！」

金色に染めた髪の毛を男子かと思うほど短くし、丸くて小顔だが攻撃的な目つきをしてい

る横倉咲季が抗議の声を上げる。

「っせぇな。いいからやれ！　俺はこんなくだらねぇことで時間を潰したくねぇんだよ」

「はぁ⁉」

不良グループの中にも上下はあるのだろう。その中で一番下だと認識されているのが横倉だったに違いない。

「優、アンタビビってんでしょ。こいつらの誰かにさせりゃあいいじゃん！」

横倉は多治比の前に壁を作った生徒たちを指差しながら言った。あまり考えずに口にしたのだろうが、それは山岸の一番触れられたくないところをついてしまっていたようだ。

「ふざけんなよ……！」

途端に山岸が気色ばんだ。彼ら不良たちのほとんどは、虚勢《きょせい》と反骨心で構成されている。そのため、周りからどう見られるのかを気にしながらも周りにおもねることはよしとしない。もちろん山岸もそういう生き方なのだが、先ほどの彼は現実に屈し、反骨心を眠らせていた。平たく言うならば、横倉の言葉通りビビってしまっていたのだ。

「咲季。てめぇ何様のつもりだ、あぁっ⁉」

激昂した山岸は、横倉の襟首《えりくび》を掴むと勢い良く絞め上げ、さらに拳を何発か頬《ほお》にお見舞いする。一度、二度と拳を叩きつけられた頬は、殴られるたびに赤みを増していった。

「やめ……」

横倉が怯《おび》えて呻《うめ》くのも聞かず、山岸は襟首を掴んだまま彼女をガクガクと揺すぶって怒鳴りつける。

「俺がやれっつったらやるんだよ！　てめえに拒否権はねえっ‼」

　それまで山岸を責めていたクラスメイトたちは、仲間すら容赦なく暴行する彼の態度に圧倒され、言葉を失っていた。山岸はそんなクラスメイトたちを「退け」の一言で追いやると、横倉を佐竹先生の死体が横たわる場所まで引きずっていく。

「沙耶香、佐竹のシャツを剥《は》ぎ取れ」

「……え？」

　山岸が、仲間の一人である日谷に指示を出す。だが彼女も他のクラスメイトたちと同じく、山岸の豹変《ひょうへん》ぶりに困惑していたため、一拍反応が遅れてしまう。

「え、じゃねえんだよ。咲季に口で鍵を取らせるのにシャツが邪魔だから脱がせろっつってんだよ！」

「で、でも……」

「沙耶香、てめえがやるか？」

　凄まれた日谷は慌てて死体のそばにひざまずくと、カッターシャツのボタンを外しにかかる。

「急げ！」

「ご、ごめんっ」

　手早くとまでは行かなかったが、日谷は震える手でなんとかボタンを外すと、シャツの前を開け、死体の腹部を露出させた。

佐竹先生の腹部は、十文字に切り裂かれたあと、サランラップを何重にも巻いて中身が零れ出さないような処置が施されている。しかもご丁寧なことに、サランラップの一部に切れ込みが入れられ、簡単に手で外せるようになっていた。

日谷がそのサランラップを剥がした瞬間――。

「うげっ」

鼻をもぎ取らんばかりの悪臭と内容物が、びちゃびちゃと音を立てて傷口から吹き上がってくる。人間の腹部に収められていた中身がぶつ切りにされ、排泄物《はいせつぶつ》そのものやなりかけの物体と一緒にぐちゃぐちゃにかき混ぜられたモノが無理やり押し込められていたのだ。

あまりの酷い臭いと光景に、周囲にいた人は全員わっと声を上げて散っていく。臭気の直撃を受けた日谷などは、まともに顔を背けることもできず、その場に嘔吐《おうと》を始めてしまった。

「――――いやぁっ」

こんなものの中に顔を突っ込まなければならない横倉は、当然のように両手を振り回して抵抗を始める。しかし、力でも体格でも山岸の方が圧倒的に勝っており、簡単に押さえ込まれてしまった。

「な、なあ、優クン。マジでやらせんの?」

凄惨《せいさん》な光景を前に、小野田も青い顔をして山岸に問いかける。

「…………俺に逆らった罰だ」

「や、やめてっ。お願いっ」

「うっせぇ、黙れよ」

死体の腹に顔を付け、その中から口だけを使って鍵を探し出す。言葉で言えば簡単でも、実際には想像もつかないほど過酷な行為になるだろう。それでも山岸は横倉にやらせるつもりだった。

「山岸、やめろ。俺が……やるから」

あれだけの代物を見てしまっては多治比もショックを隠し切れないのか、顔を真っ青にして唇を震わせている。だというのに、それでもまだ代わるつもりであった。

庇ってもらえた横倉は、縋るような目で多治比を見て――。

「やめようよ、正邦」

河野が、多治比の腕を掴んで引き留める。普段の強気な彼女と同じ人物のものとは思えないほど気弱な声なのは、それだけこの状況に精神を削られているのだろう。

「そんなことやったら、絶対病気になっちゃうって」

「アタシはいいっていうの⁉」

横倉は必死で河野に噛みつく。確かに汚物にまみれた内臓に、直接顔を付けたらどんなことになるか分かったものではない。もし安全だったとしても、生理的に絶対受け付けないだろう。

「でもあなたは――」

『君は、優乃の頭を掴んで便器に突っ込んだよね。優乃の日記に書いてあったよ』

河野の言葉を引き継ぎ、それまで沈黙して成り行きを見守っていた彩乃が口を挟《はさ》む。

「そ、そう、自業自得でしょ」

「アタシだけじゃない！　さ、沙耶香だって面白がってやってたじゃない！」

「なに私の名前出してんだよ！」

彩乃の介入をきっかけに、その場は完全に横倉が犠牲者となる流れになりつつあった。

「おい、クソ女！　やるのは咲季で決まりだ！　てめぇらも異論はねぇよな⁉」

山岸の言葉に、誰も異論を挟まない。唯一多治比だけは、まだ自分がやるべきだと主張していたが、誰もそれを認めようとしなかった。

………僕はどうすべきだろうか。

みんなの流れに乗って一人に責を求めるのは明らかに間違っている。それはまさしくいじめでしかない。何か、第一のゲームみたいに抜け穴が用意されてはいないだろうか。

「あの、ピッキングとかはできないのかな？　鍵ってことは扉が開けばいいんだよね」

おずおずとそんな提案をしてみたのだが……。

『空也クン。それを私が許すと思う？』

それはあまりにも浅はかすぎる考えで、即座に彩乃によって否定されてしまった。

『そういう反則はなし。そして偽善者クン、君が代わるっていうのもなしだよ。そもそもクラスのみんなが認めないからルール違反になるし、何より――』

彩乃の顔が侮蔑《ぶべつ》に満ちたものに切り替わる。絶対零度の瞳《ひとみ》でクラス全体を睥睨《へいげい》し、最後に横倉を悪魔のような表情で睨んだ。

『クソに顔を埋《うず》めさせるなんてことを優乃にやったんだ。お前たちもできるだろう？』

絶対に許さない。妹が味わった屈辱《くつじょく》を味わえ。

彼女の顔は、間違いなくそう言っていた。

このゲームを支配する存在がそれを望んでいるという名分を得て、クラス全体の意志は一つになる。完全に、犠牲者は横倉だと決まってしまった。流れに追従する視線が横倉に突き刺さり、自らの罪を押しつけようとする山岸たちは、無言で横倉を引きずっていく。

「…………いや、やめてっ」

まただ。

またこのクラスは一人に責任を押しつけて、犠牲を強《し》いる。そうなるように仕向けられたのはあるかもしれないけれど、それで平気なのだ。それでずっとうまくいってきたから。

鶏《にわとり》は群れの秩序を保つために、一番弱い個体をつついて全てのストレスを背負わせるという。その個体が死んでしまえば次に弱い個体をつつき、それが死ねばまた次と続いていく。

僕たちもまさに鶏と同じことをしていた。

「やっ！　やだぁっ‼」

「人士、咲季の体を押さえてろ」

「…………」

小野田が横倉の細い腕をねじり上げる。喧嘩慣れした男の力を女の横倉が振りほどけるはずもなく、いとも簡単に拘束されてしまった。両腕を後ろで掴まれ身動きが取れなくなった横倉の膝裏を山岸が蹴りつけると、関節が正しく折れ曲がり、横倉は床に膝立ちの状態になる。

「お願い、やめてぇ！」

涙を流しながら懇願する横倉の頭を、山岸が掴むと――グシャッと汚物のシチューに叩き込んだ。

赤い肉片と黄色い脂肪、ピンク色の内臓に茶色や黒い内容物が、十文字に切り開かれた傷口から溢れ出して床に広がっていく。そのあまりにも惨い光景に、クラスメイトのほとんどが目を背ける。

僕も見たくなどなかったが、地獄そのものが具象化したのかと錯覚するほど凄惨な暴力を前にして、恐怖で金縛りにでもあってしまったかのように体が動かなかった。

「鍵は⁉」

「うぶっ、おぇぇぇぇっ」

あまりの気色悪さと悪臭から、横倉はたまらず嘔吐してしまい、鍵どころではないみたいだ。だが、山岸はそんなこと関係ないとばかりに、「早く見つけろ！」と怒鳴りつけて頭を死体の腹に押しつける。

それは、傍から見ればまるで横倉が佐竹先生の内臓を喰らっているようにも見えて、怖気《おぞけ》と嫌悪感がいや増した。

横倉が暴れるごとに、ビチャリビチャリと飛沫《しぶき》が上がり、周囲は赤と黒に染め上げられていく。彼女の顔や髪の毛も、制服までもが血と汚物で赤黒く染まり、もはや元の色すら分からなくなってしまっていた。

「咲季、早くしろ！」

「いやっ……ぶっ――やめてぇぇぇ……！」

汚物から引き上げた彼女が何も咥《くわ》えていなかったのを確認した山岸は、再び顔を叩き込む。横倉がいくら謝罪しても、泣きわめいても、何度も何度も無感情でそれを行い続けた。

彼女は、かつて自分が優乃に対して行ったことをされて、何を感じ、何を考えているのだろうか。苦しくても痛くても、どれだけ拒絶したくても、それでも力で蹂躙《じゅうりん》されていく。深い深い絶望の中で、誰も助けてくれない。言葉すらかけてくれない。まるで世界から自分一人だけが孤立して、自分以外の全てが敵になってしまったような感覚がするのだろう。

かつて、僕も同じ感情を味わったことがあるから分かる。二度と味わいたくないほどの恐怖と苦痛なのだ。そのことを、身をもって知っている僕は、まるで床に釘か何かで打ちつけられてしまったかのように動けなかった。

叩きつけられた回数が二桁を超え、横倉の声が嗚咽《おえつ》とすすり泣きに変わった頃、ようやく彼女は小さな棒状の何かを咥えて顔を上げた。

山岸はそれを取り上げると、佐竹先生のスーツに擦りつける。血と汚物が落ちると、銀色の光沢が顔を覗かせた。

「これか……」

『第二のゲームは犠牲者ゼロでクリアできたんだ、おめでと～』

その犠牲者とは、間違いなく死者のことを言っているのだろうが、死んでいないだけだ。

犠牲になった人は間違いなく存在する。

横倉咲季。

彼女の心も体も、全てがボロボロになってしまったに違いない。自業自得だと、横倉自身がやったことをやり返されただけだと言われれば確かにそうかもしれない。だが、僕はそんな横倉のことを哀《あわ》れとしか思えなかった。

『でも、勝手に教室の外に出たら殺すから気を付けてね』

「はぁ⁉」

鍵を入手できたのだからようやくこの悪臭漂《ただよ》う教室から出られると思っていたのだろう。

山岸が明らかに不満の声を上げる。山岸だけでなく、他のクラスメイトたちも失望を顕《あら》わにした。

『全員に好き勝手されたら私が管理できなくなるからねー。でもその代わり、休憩時間をあげる』

彩乃は良かったねーと喜んでみせているが、そこには悪意しかない。教室の中は鼻が曲がりそうなほど不快な臭いが充満し、そこかしこがクラスメイトたちの吐瀉物《としゃぶつ》で汚れている。

彩乃は先ほど「お前たち」と言っていた。その時は気にしなかったが、終わってみればその言葉通り、僕らは全員汚物まみれになっている。横倉のことはもちろん、教室のこの惨状もまた、彼女の復讐だったのか。

「何人かが外に出ることはできないか？　せめて死体だけでも――」

「そうよ。こんな場所じゃ息もできないの。あなたの――」

多治比や河野たちが交渉を始めたが、僕はそれには参加せず、制服の胸ポケットに常備してあったハンカチとポケットティッシュを取り出すと、未だに死体のそばで嗚咽を繰り返している横倉に差し出した。

「あの、横倉さん。これ使って」

横倉は小さくしゃっくりを繰り返しながら、僕の手に視線を落としたあと、憎悪の籠った目で僕を睨みつけてくる。こんなものを渡してくるくらいならどうして助けなかった。そう言いたいのかもしれなかった。

「………ごめん。僕は、弱い……から」

謝罪。言い訳。偽善。

それがなんの救いにもならないことは、僕がよく知っている。

よく知っているのに……何もできなかった、しなかった。

――また。

「………」

横倉は無言でハンカチを奪い取ると、そのまま教室の隅に移動する。汚物と血にまみれている彼女は、酷く臭う。横倉が近づくだけで、その場にいたクラスメイトたちは逃げていった。

横倉はそのまままみんなに背を向け、汚れを拭き取り始める。水もないのだからさほど綺麗にはならないだろうが、少しはマシになればと思う。

『――なら、私が指示したことをきちんと守れるっていうのなら許可してあげる』

「それでいい、ありがとう！」

背後でわっと歓声が上がる。どうやら交渉がうまくいったらしい。

「……水、もらえるかも」

横倉の孤独な背中にそう声を投げかけたのだが、当たり前のように何も返ってこなかった。

『ん～、じゃあまずは出席番号が奇数の人が出ることにしましょうか』

「奇数……」

運がいいというべきか、生誕順である僕の出席番号は一番。外に出られる権利を持っていた。クラスメイトの出席番号は流石《さすが》に把握していないのでみんなの反応を見てみると、他に外に出られるのは不良の小野田や日谷など。多治比も出られるらしい。

一方、横倉はまったく動こうとせずにずっと無言で顔を拭《ぬぐ》っている。彼女は偶数であるようだ。

「分かった。奇数の人はここに集まってくれ」

多治比が号令をかけると、彼の元にクラスメイトたちが集まっていく。こんな時だとしても、いや、こんな時だからこそ、強いリーダーシップを発揮する人間に、みんながついていくのだ。

僕も立ち上がると、みんなと同じようにその集団に加わった。

「それじゃあ、近くのトイレに――」

『おっと、ストップ。トイレじゃなくて、まず学食に行ってきてくれる?』

学生食堂はこの校舎の一階、一番奥にある。何故そこまで行かなければならないのだろう。

『実は結構長いこと監禁する予定だから、学食にあなたたち用の食料が置いてある手筈《てはず》になってるんだよね』

「食べ物……」

言われてみれば、軽い空腹感があった。とはいえあれだけのことがあったので、食べ物が喉を通るとは思えないけれど。

『それ取ってきて。寄り道は禁止だけど、道中にあるものなら集めてきてよし。ただし、必ず全員で動くこと。はぐれたらそいつは容赦なく殺す。ついでに残っている連中も殺す』

「……分かった。みんないいか?」

もちろんみんな文句などあるはずがない。そもそも首輪をつけているせいで命令違反などできはしないのだから。

全員が早くしろというように、せわしなく首を縦に振った。

「じゃあ、俺は佐竹先生を廊下に出す。みんなは分担して匠吾と倉木の二人を運んでやってくれ」

この教室の中には今死体が三つ存在している。生徒二人の方はまだしも、佐竹先生の損壊した死体は酷い臭気を放っているため、教室から出さなければ全員の精神がまいってしまう。人が嫌がることを進んで担おうとする多治比の姿勢は、間違いなく信頼に値するものだった。

「……多治比くん。僕も、手伝うよ」

バスケ部のエースらしく、かなりの体格を誇る多治比なら一人でも死体を運ぶことはできるだろうが、中身を零さずにとなると難しいはず。多治比は少し考えたあと、頼む、と短く頷いた。

それから彼は簡潔に指示を出し、クラスメイト十一人へ、それぞれ役割を与えていった。

◇

「じゃあ、開けてくれ」

山岸から鍵を受け取った河野が、教室の入り口を塞いでいた鉄板の鍵を開け、男子生徒と場所を替わる。その男子が鉄板を掴んで横に引くと、意外にもカラカラと軽い音を立てて横にスライドした。

入り口から見える廊下は暗く、明かり一つ存在していない。廊下の窓全てが教室のように封鎖されているわけではないのか、僕たちが午前中に学校に来てから相当な時間が経っていることが伺えた。

「一応、確認のために誰か男が先に出てくれ」

「分かった」

まずは何も持っていない男子が、続いて死体を抱える者たちが入り口を潜《くぐ》り抜けていく。

そして最後は、僕たちの番だ。

「いくぞ、蒼樹」

「う、うん」

多治比が佐竹先生の脇に手を通し、僕が両足を持つ。死後硬直でカチカチに固まった先生の体は、まるで担架のように、簡単に持ち上がった。

そのまま廊下に出ると同時に、どこからか冷たい夜風が吹きつけてきて、おぉっとどよめきが起きる。いつもならばなんでもないことのはずなのに、外界を感じることができて、嬉しさがこみ上げてきた。

「急ごう」

多治比の号令に従って、僕らは死体を二組の教室に横たえると再び廊下へ出る。

廊下では女子や手の空いている男子が水をたたえたバケツや掃除用の雑巾などを教室へ運び入れていた。

それが終わるのを待ってから、僕たちは一つに固まり学食へと急いだ。

◇

スチール製のドアを横に押し開け、学食へ入る。学食とは言っても、教室を三つぶち抜いて作った大教室に、弁当や総菜パンを売る購買が併設された簡素なものだ。何か特別な設備があるわけでもなく、長机と折り畳《たた》みの椅子が無機質に並んでいるだけだった。

「ここにあるって言ってたよな?」

彩乃は食料が置いてあると言っていたが、それらしいものは見当たらない。学食と購買を隔《へだ》てるシャッターが下りているため、正確には分からないが、少なくとも見える範囲には何もなかった。

「一応探してみよう」

多治比の提案に頷いた僕たちは、念のためにと机の下を覗き込んだりシャッターを揺すってみたのだが、なんの成果も得られなかった。

彩乃は確かにここに食料があると言った。それはここにいる誰もが覚えている。

「くそっあのアマ!」

小野田がキレて机を蹴りつける。他のクラスメイトたちも、同じようにイラついた表情を浮かべていた。

教室を出る前はまったく食欲が湧かなかった僕も、いざ新鮮な空気を吸っていたらだんだんと空腹が気になってきたのだから現金なものだ。

どうすればいいのか。みんなの視線が多治比に集まり——。

『ああ、まだ出てなかったんだ、ごめんごめん』

校内放送を使ってか、彩乃の声が降ってくる。

「ふざけんじゃねえぞ！　てめえが用意してるって言ったから来たんだ！」

『用意はしてる。そこに置いてないだけ。学食の搬入口にトラックがあるんだけど、その荷台に積んであるはずだから』

学食であっても彩乃との会話はできるようになっているらしい。監視カメラが学食の隅に仕掛けてあるのは見て取れたが、声まで拾えるとなると、もしかしたら首輪そのものが盗聴器になっているのかもしれなかった。

「荷台に積んであるのは分かった。だがそれが分かってもどうしようもない」

搬入口には学食と外とを繋《つな》ぐドアから行けるから、そこから出ればいい。しかし、多治比の言う通り絶対にそれができない理由がある。

爆弾の付いた首輪だ。

これは校舎から出れば爆発してしまうと彩乃自身が言っていた。もしも電波のようなもので仕掛けが動いているのだとしたら、ちょっとぐらい離れるのは可能かもしれないが、積極的に試してみたいとは思わなかった。

『ああ、首輪があったか。ん～……』

彩乃は少しだけ迷ったようだが――。

『今回だけ特別、ロックを外すよ。逃げたら残っている連中を殺す。いい？』

自分が姿を現して学食まで運ぶリスクを考えて結論を出したのか、一度だけ念を押したと思ったら、カシャリと首輪のロックを外してしまった。

「え……？」

今起きていることが信じられず、思わず声に出して驚いてしまったが、どうやら現実らしい。小野田をはじめとした男子生徒数人が、既に首輪を外して床に放り捨てている。もちろん、彼らの首輪は爆発などしなかった。

「わ、罠か？」

だが罠だったとしていったいなんの意味があるのだろうか。

多治比は首輪を外すことを躊躇している。僕も彩乃の意図が読めず、首輪に手を添えたまま戸惑っていた。そんな風にぐずぐずしている間に、外しても安全だということを知った他の人たちもどんどん首輪を外していく。そしてとうとう首輪をしているのは僕と多治比だけになってしまった。

『さあ、早く荷物を取ってきなさい。ゲ、ゲ、ゲームが始められないでしょ』

「だらだらしてんじゃねえっ」

小野田に急《せ》かされた僕らは顔を見合わせたのだが、結局どうすることもできず、首輪を外すしか道はなかった。

休憩時間（一）――偶数番号組

小野田や蒼樹、多治比などの出席番号奇数番が教室を出たあと。

暗かったテレビが突然点灯し、白黒の映像が映し出される。それは、暗視カメラで撮影されたトラックを見下ろしている映像で、場所は学食裏の搬入口だった。

「何、これ……」

河野がそう呟くのも当然だ。画面には使い古された軽トラック以外は白いコンクリートで固められた地面と、入り口の金網だけ。

何故こんなものが映し出されたのか、教室にいる誰もが皆目見当もつかなかった。

『はーい、それじゃあお留守番で暇してるあなたたちに、三回目のゲームをさせてあげる。おねーさんやさしー』

再びテレビから彩乃のふざけた声が流れ出す。新たな犠牲者が生まれるであろうことを知ったクラス全員が思わず顔を引きつらせた。

「いらねえ、引っ込んでろ」

『そう？　あなたたちこのまま死にたいんだ。ならいいや』

山岸の言葉に彩乃はあっけらかんと言い、テレビの映像が途切れて教室に静寂が戻る。しかしその内容は、無視するには不穏すぎるものだった。死を簡単に受け入れられるのならクラス全員、唯々諾々《いいだくだく》と彩乃の命令に従ってなどいない。何をしてでも生きたいと思っているからこそ平気で他人を犠牲にして、踏みつけることができるのだ。

「ちょっと山岸、なんでそんなこと言ったの⁉　私たちが死んだらどうするの！」

「知るかよ……お前らもそう思ってただろうが」

「だからって言い方があるでしょ！」

「待って！　私は違う、死にたくない！」

責任を押しつけ合い、罵《ののし》り合う生徒たち。彼らは立ち上がり、監視カメラの前で命乞いをする。あまりにも醜いザマが滑稽《こっけい》だったのか、真っ暗なテレビから彩乃の失笑が聞こえた。

『分かりやすすぎ。クッ……ホント……』

そんな彩乃に山岸が気色ばむが、旗野が宥《なだ》めすかし、彩乃に尋ねる。

「それで、ゲームってなんなの？」

『それはとっても簡単。先行した奇数チームが、逃げ出すか否《いな》か』

「逃げ……」

逃げ出すと言われても、彼らの首には爆弾が取り付けられている。特に校舎から出れば問答無用で爆発するのだから逃げ出しようがない。それがルールのはずだ。

『これからねぇ、あの子たちの首輪を外してあげるの。しかも、校舎の外に行かせる。果たして誘惑に耐えられるかなぁ』

そう言って、彩乃はまた楽しげに笑う。

一方、残った生徒たちは面白いはずがなかった。

「待てよ、なんだそれは！」

「そんなの――」

逃げ出すに決まっている。そう言おうとした河野が口をつぐむ。

第二のゲームが始まる前に、彩乃からお前たちの信頼が嘘などと罵倒されたのを思い出したからだ。ここで騒げばその言葉が真実になってしまう。今まで積み上げてきたもの全てが偽物であったと自分自身で認めるようなものだった。

「逃げ出すに決まってる。絶対裏切るよ、小野田は特に」

だが、ためらいなくそれを口にできる者が一人だけいた。先ほど仲間から裏切られ、凌辱《りょうじょく》の限りを尽くされた横倉咲季だ。横倉は昏《くら》い瞳で画面を睨みつけながらもう一度口を開く。

「アイツは卑怯者だから絶対――」

「黙れよ咲季。くせぇんだよ、喋んな」

小野田とは仲のいい山岸にはその言葉が特に不快に感じられ、苛立たしげに吐き捨てる。

「正邦が私を見捨てるはずないじゃない。絶対全員連れて帰るから、このクソ女」

「あぁっ⁉」

河野の発言に横倉が怒声を上げ、ぷっと噴き出すような声が誰かから漏れる。横倉の現状をあて擦ったかのようなあだ名に、嗜虐的《しぎゃくてき》な笑いが堪《こら》えきれなかったのだ。他にも、無言でやたらと鼻の辺りを触ったり、露骨に横倉から離れる者までいた。

山岸が横倉を見捨てて以降、クラスの雰囲気は横倉ならばそういうことをしてもいいのだというものになっている。こんな状況に置かれてなお、否、こんな状況だからこそ誰かにストレスのはけ口を求めていた。

「くそっ」

侮蔑の視線に耐えられなくなった横倉は、教室の隅へと向き直らざるを得なかった。

『……一人でも逃げ出せば、あなたたちは全員死ぬ。それは理解してる？』

「…………」

信じたい、でももしかしたら。

そういう恐怖は完全に拭い切ることはできない。じわじわと心を蝕《むしば》んでいく。だというのにどうすることもできないのだ。少しずつ、教室内の空気は重くなっていった。

『はい、そんなあなたたちに解決方法をあげる。佐竹先生が隠れてたロッカーにパネルが入ってるからそれを持ってきて』

言われた生徒たちはチラリと目配せを行い、誰が行くのかと視線だけで問い合った。

「私が取ってくる」

河野がそう宣言すると、さっさと歩き出した。

そしてロッカー近くまで来たところで足を止める。

「クソ女さん、よそに行ってくれない？」

河野は多治比の前でこそ猫を被って優しく頼りがいのある優等生を演じているが、彼の視線が届かないところではこうして人をいたぶる二つ目の顔を持っていた。

「……別にアタシが退かなくても開けられるでしょ」

横倉はロッカーの近くにいるとはいえ十二分に扉の開閉は可能だ。

「あなたが臭いのよ。近寄りたくもない」

「………………」

横倉は無言で立ち上がると、殺意に染まった瞳で河野を睨みつける。

「咲季ぃ。いい加減にしとけよ？」

――だが、山岸からの警告で、その殺意は一気に萎《しぼ》んでしまった。

横倉は肩を震わせながら一歩横にずれる。よそ、というには短すぎる距離だったが、そもそもロッカーを開けるのに横倉は邪魔ではなかった。河野は横倉の傷口に塩を塗り込むためにわざわざ声をかけたのだ。

適度なストレス発散ができたことに満足した河野は、そのままロッカーの中から厚さ五ミリ程度、大きさにしてちょうど学習机の天板のようなパネル状の機械を引っ張り出した。

「……何、コレ」

そのパネルを見て河野は呆然と呟く。パネルには合計で十五人の名前が書いてあり、わずかに盛り上がってボタンのようになっていた。

だが河野が驚いたのはパネル自体に、ではない。書かれていた名前の方だ。

『さっき出ていった全員の名前があるはずだよね』

彩乃の言う通り、パネルには既に死亡した中砂、倉木を含めた出席番号が奇数の者たちの名前が記されている。それは多治比たちが交渉の結果出ていけたのではなく、初めからそうなるように誘導されていたということを意味していた。

『もし逃げ出せば、対応する名前のボタンが点灯する。それを押して逃走した奴らを殺せ』

「え？」

この二年一組の教室にいる全員が、直接的な殺人など犯したことはない。山岸を筆頭とした、暴力とかかわりの深い不良グループのメンバーであってもそれは同じこと。

唐突に、その手で人を殺せと言われても実感が湧かなかった。

『自分たちで殺してクラスメイトでなくせば、私はお前たちを殺さない。分かった？』

分かった？　と聞いてはいるが、これは彩乃からの実質的な命令だ。自らの命を人質に、人殺しを強要されていた。

「あ、来たっ」

男子生徒の声で、全員の視線がテレビに集まる。

指摘の通り、多治比たちの姿が画面に映し出されていた。

『さあ、第三のゲームの始まり始まり。何人が逃げ出すかなぁ』

テレビ画面に彩乃の顔は映ってなどいない。しかし、その場にいる全員の脳裏に、口元が耳まで裂けたのかと錯覚してしまうほど悪意に満ちた彩乃の笑みが浮かんでいた。

三時限目――残り生徒数　27人

学食南側に設置された校庭へ面しているドアの前で、多治比がみんなの顔を見回す。

「じゃあ、外に出るが絶対に離れるなよ」

外に出て、もし一人でもはぐれれば教室にいるみんなが殺されてしまう。それに、はぐれた人もあとから何をされるか分かったものではない。ただ、果たしてここにいる全員が自由になれるかもしれないという誘惑に抗《あらが》えるだろうか。もしかしたら、それこそが彩乃の罠なのかもしれない。簡単に皆殺しの理由が手に入る。

「……あ、ごめん多治比くん。一瞬だけいいかな？」

「なんだ蒼樹」

僕は多治比に一言断ると、近くにあった布巾を取ってきて水で濡らしてかるく絞り、それを学食に設置してある電子レンジに入れてスイッチを入れた。

「ごめんなさい、終わったから」

横倉は今も教室で一人身を清めているだろう。水でもできるだろうが、温かい布巾であればもっと汚れが落ちやすく、なおかつ精神的に安らげるのではないかと思った。

「……ああ、そうか」

多治比は僕の行動の意味に気付いたのか、頷きながら微笑《ほほえ》んだ。

「よし、行こう」

多治比を先頭に、今度こそ僕らは外へと踏み出した。

校舎の外は明かり一つない真っ暗闇で、学食の窓から漏れる光が頼りなく道を照らしているだけ。それもこれも、この宮城原高校が少々町外れにある小高い丘の上に建てられているからだ。高校から駅までは徒歩二十分弱。一番近い家まででも一キロはあるため、大声を出して助けを呼ぶこともできなかった。

吸い込まれそうなほど深い闇の中、僕たちは恐る恐る校舎に沿って歩き、やがて搬入口へとたどり着いた。

「暗いな、明かりはつけられないのか？」

「無理。確か中側にスイッチがある」

搬入口付近は荷物の上げ下ろしがしやすいように、真っ白なコンクリートで地面が整備されており、転んだりする危険性は少ない。だがほとんど光もない状態ではどこに何があるのかすら分からなかった。

僕たちがまごついていると、ふいにシュボッと音がして弱々しい光が灯《とも》る。

「ライターならある」

「小野田か、助かる」

「ああ、それなら私も」

日谷がそう言ってポケットからライターを取り出して火をつける。常日頃から教師に迷惑をかけている二人は、タバコを吸うためにライターを隠し持っていたらしい。スマートフォンなどは取り上げられたが、ライターくらいは問題ないとされたのだろう。

「あれか」

搬入口からスロープが二メートルほど続き、その先に一台の軽トラックが停車している。そのすぐ傍には、高さ三メートルほどの金網でできた門が設置されていた。

……ドキンと心臓が跳ね上がる。

罠だと分かっていても、逃げることができるかもしれないという誘惑は予想以上に強く、否応《いやおう》なく緊張が高まっていく。あの場所に戻りたくないという恐怖と、戻らなければみんなが殺されてしまうという罪悪感が頭の中でせめぎ合い、知らず知らずのうちに呼吸が浅くなっていた。

「食料だ。いいか？　食料を取りに来たんだ、俺たちは」

多治比が念を押すように告げる。自分にもそう言い聞かせているのかもしれない。

ややぎこちない歩き方で、僕たちはトラックへと向かっていく。必然的に近寄ることになった裏門が、気になって仕方がなかった。

「あれかな？」

女子の一人が荷台の上にいくつも積み上げられた段ボール箱を指す。

「だろうな。小野田、ライターを貸してくれ。一応中身を確認しよう」

多治比がライターを手に、荷台の上によじ登る。

そのまま手近な段ボールを開き、ライターを灯すと――

「なっ」

多治比は目を丸くして息を呑んだ。

「どうした」

「……い、いや、なんでもない。みんな、これは食料じゃない。帰るぞ」

「はぁ⁉ てめえ、なに言ってんだよ！」

「いいから」

多治比は手を振ってみんなを学食に戻るよう指示を出す。だが、目の前に食べ物があるはずなのに、帰ろうと言われて納得できるわけもなかった。

「それが違っても他にもまだあんだろうが」

「そうだよ、正邦。まだ全部確認してないじゃん」

小野田を始め、何人かの生徒が荷台に上ろうとする。

それを多治比が止めようとして軽トラックがガタガタと揺れた。幾人かが揉み合っている中、一人の女子生徒が横合いから段ボールを引っ張ったため、荷台から荷物が零れ落ちる。

地面に落ちた段ボールは衝撃で破れ、中に入っていた代物が僕たちの前に顔を見せる。

「……何、これ」

「……マジかよ」

段ボールの中にあったもの、それは犬の餌《えさ》、ドッグフードだった。

一キロいくらで安売りされていて、一般的にはカリカリだとか言われているもの。人間が食べても毒ではないとは聞くが、普通こんなものは食べない。

お前たちは人間じゃない、犬畜生以下だ。

彩乃のそんな声が、耳元で聞こえたような気がした。

「ざっけんな！」

激昂した小野田が、他の段ボールも地面へ蹴り落としていく。そのどれからも、同じドッグフードの袋が転がり出てきた。

「これが俺たちの食料だと⁉　ああっ⁉」

「ちょっとコレは……」

「私たちのことなんだと思ってるの……？」

食事と休憩時間が手に入るかもしれないと、気持ちが少し緩んでしまったところで神経を逆撫でされ、みんな怒りに打ち震えていた。

そんな中、僕だけは不思議と怒りが湧いてこず、ほんの少しがっかりしただけで済んだのは、今までいじめられ続けた経験から、こんなものかと諦める癖がついてしまっていたからだろう。次のゲームに使うのか、もしくは罰ゲームとしてみんなに食べさせるのに使うのかなどと、まるで自分のことではないかのようにこれから先に起こるであろうことを予想してしまっていた。

「……一応、持って帰った方がいいのかな？」

「馬鹿かお前は！」

僕の呟きが聞こえてしまったのか、小野田が荷台から飛び降り、僕に詰め寄ってくる。失敗したと思ってもあとの祭りだった。

「これが人間の食い物に見えるのか？　あぁっ⁉」

「あ……その……」

「お前は目が悪りぃのか、それともお前はこれを毎日食ってやがんのか⁉」

言葉を出そうとしても、体がそれを拒絶する。首を横に振ろうとしても、まるで金縛りにでもあったかのように動かない。僕は以前からこうして彼らに怒鳴られ、殴られてきたのだ。彼らの目の前で、否定という行為自体ができないようになってしまっていた。

「お前らは食っていたかもしれないがな、これはドッグフードっていう犬の食い物だ！　人間の食い物じゃねえ！」

ドンッ、と胸を強く押されて僕は地面にしりもちをつく。

それでも気が収まらない小野田は、段ボールを蹴り飛ばし、ドッグフードを無茶苦茶に踏みつけた。袋が破れて中身が辺りに飛び散る。実は普通の食べ物が入っていたなんてオチはなく、ドッグフード特有の獣臭さが辺りに充満した。

「ふざけるな！　ふざけるんじゃねえ、今度は俺への当てつけか⁉」

小野田の怒号は、その場にいるほとんどの心情を代弁していた。

ただ、小野田が思わず漏らしてしまった言葉から察するに、彼には何か心当たりがあるのかもしれない。

「クソッたれが！　クソッたれがぁぁぁっ‼」

しばらくそうやって小野田はドッグフードの破壊を続け、ほとんどを食べられなくなるまでぐちゃぐちゃに踏み潰したところで止まる。

「…………りる」

「は？」

小野田が何か言ったようだが、荒い息に邪魔されて何を言ったのか正確には理解できなかった。

「おい、小野田。変なことは考えるなよ」

多治比が荷台を降り、小野田の肩に手をかける。もし小野田が感情のままに行動したら、教室に残った全員が殺されるという、あってはならない未来が待っているのだ。

けれど――。

「俺は降りるってんだよ！　文句あるかっ⁉」

小野田はその最悪の未来へと踏み出そうとしていた。

――降りる。

もちろん荷台からではない。小野田は既に地面に降り立っている。

小野田は、このゲームに参加することをやめると言っているのだ。

「待て、小野田。そんなことをしたら教室のみんなが殺されるんだぞ！」

　教室に残っているのは十四人。彼らは全員が首に爆弾を取り付けられていて、リモコンの操作で簡単に殺されてしまう状態にあった。

「俺が知ったことかよ！」

　小野田はそう言い切ると、多治比の手をはねのけて、裏門の方へ歩き出してしまう。

「一時的な感情でそんなことをするなっ。本当に死ぬんだぞ⁉　お前の友達だっているんだろう⁉」

「いるけどどうしたよ、それがっ」

「なら――っ」

「だからそれがどうしたっつってんだよ！　俺は山岸のために自分の命を差し出すつもりはねえ！　ましてやそれ以外の連中なら言うまでもねえんだよ、死ね！　死んじまえっ‼」

「なんてことを言うんだっ」

　多治比が追い縋って小野田の腕を掴むが、小野田は再びそれを振り払う。それでも多治比は諦めずに捕まえようとしたため、うざったく思ったのか、小野田が腕を思い切り横に薙《な》ぐ。小野田の拳が多治比の側頭部に当たり、一瞬怯んだ。その隙に小野田は走り出し、金網に指をかける。意外なことに金網にはなんの罠も仕掛けられていなかったようで、小野田はそのまま金網を両手で掴むとよじ登りにかかった。

「待てっ」

当然そんなことを許すはずもなく、多治比はすぐさま追いつき、小野田の腰を掴んで地面に引きずり下ろすとそのまま押さえ込みにかかった。

僕らが呆然と見ている前で、二人の取っ組み合いが始まってしまう。喧嘩慣れしている小野田に対し、多治比は高身長とバスケで鍛えた身体能力を武器に、力ずくで拘束していく。やはりきちんと鍛えている者とそうでない者の差は大きかったのか、争いは終始多治比優勢で進んでいき、最終的に小野田は腕を後ろ手にねじり上げられ押さえ込まれてしまった。

「くそっ」

「……はぁ……はぁ……。帰るぞ、小野田」

「っせぇ！」

いくら押さえ込まれたからといって、心まで屈したわけではない。小野田はまだ口と態度で抵抗を続ける。

「だいたい、帰ってどうするんだ、あ？」

「それは……仕方ないだろう」

僕らが教室に帰ったら、また彩乃主催のゲームとやらをさせられるのだろう。そこで下手を打てば首輪が爆発。つまり、死あるのみ。

殺されたクラスメイトはまだ二人だが、これからさらに人が死ぬかもしれなかった。

「お前ら聞けよ。お前らはドッグフードを食いたいか？　あの異常な女のことだ。下手すると犬の真似でもしながら俺が踏み潰した犬の餌を食えって強要するかもしれねえぞ。いや、もっと異常なことを言ってくるかもしれねえ。さっき死体の腹に顔を突っ込めって言ってきたの忘れてねえだろ？」

小野田は多治比の説得はできないと考えたのか、矛先を別のクラスメイトに変えた。

「つうか、今から学食に戻るってことは、自分で爆弾を首につけるのか？　お前らマゾかよ」

「黙れ、小野田っ」

「気付けよ。今俺らの首には爆弾がついてねえんだぞ？　逃げられるだろうが！」

「そうしたら残っているみんなが殺されるんだ！　お前こそ何を考えてるっ」

「だから俺の知ったことじゃねえっつってんだろうが！　覚えてねえのかこの鳥頭が！」

いいか？　と、小野田は悪魔の誘惑を始める。

「今、どんだけ時間が経ったと思う？　どれだけ騒いだと思ってる？　なのにあの女は何も言ってきやがらねえ。この意味が分かるか？」

みんながはっとしたような顔をする。

小野田の主張はおそらく、この場所には彩乃の監視の目が届かない。もしくはなんのちょっかいもかけられない状態だから、逃げられるかもしれないというものだ。確かに彩乃は教室ではちょくちょく口を挟んで警告してきた。しかし、ここではそれが一切ない。監視カメラくらいはあるかもしれないが、マイクはない可能性がある。

「逃げられるんだよ、今なら。そしてあの女は俺たちに逃げてほしいんだ。そしたらあの十四人を処刑できる。あの中には、古賀を一番いじめてやがった山岸がいるんだぞ？　結局はあいつを一番殺したいに決まってんだ」

それなりではあるが、理屈は通っている。

だが、本当にそうだろうか。

小野田の言っていることは、なんの証拠も存在せず、全て彼の想像でしかない。しかも、自分の都合のいいようにねじ曲げて解釈した思い込みがほとんどだ。逃げたいから、無理やり安全だという理由を作り出しただけに過ぎない。

少し冷静になって考えればそれが分かるだろうに、小野田の演説を聞いていた他のクラスメイトたちの瞳の色が、明らかに変わっていく。

「で、でも、ただ殺すだけならなんで教室であんなことをしたのかな？」

「知るかっ！　異常者の考えることなんか分かるかっ」

僕の抗議はすぐに一蹴されてしまう。

「いいか？　一番大切なことは、今なら逃げられるってことだ。俺は死にたくねえ。お前らもそうだろ？」

こうだったらいいな、という願望が他人の口から出てきたことで、そうなのかもしれないという疑念に変わり疑念は衝動へと変化していく。

何か最後の一押しがあれば――。

「沙耶香、裏門をよじ登れ」

「え？」

「やめろっ」

戸惑いの声を上げる日谷に、すかさず多治比が制止する。

「大丈夫だ。どうせ何もあるわけねえ。さっき俺が登ろうとした時、何もなかった」

「…………」

多治比よりも、日谷が小野田の言葉に心を動かされているのは僕にも分かった。

日谷は二人の顔を交互に眺めながらしばらく迷っているようだったが、やがてゆっくり頷くと——。

「分かった」

仲間である小野田の判断に軍配を上げた。

「待て日谷、考え直せ！」

多治比が止めるのも聞かず、日谷はずんずん裏門へ歩いていき——カシャンと金網を掴む。

「だめ、だよ……」

弱々しい僕の抗議など歯牙にもかけず、日谷はあっという間に金網を登っていった。

「よいしょっ」

そして、高さ三メートルの金網のてっぺんにまで楽々到達してしまった。

なんの妨害も警告もない。金網が揺れてカチャカチャ音を立てているだけだ。

日谷はそのまま金網を乗り越え、反対側にしがみつく。あとは降りるだけだが、その前に馬鹿にするような笑みをこちらに投げかけてきた。

「ほい……っと」

金網を降りる時も登る時と同じように妨害はなく、日谷は無事、裏門の向こう側に降り立ったのだった。

「戻れ、日谷！」

「人士～、な～んもなかったわ。これマジで逃げられるっしょ」

「ほらみろ、なんもねえじゃねえか」

見ろよとばかりに小野田が多治比を嘲る。

だが、そもそも二人の問題にしていることが違うのだから、話が通じないのも当然のことだ。多治比は教室に残っている十四人のクラスメイトが殺されてしまうことを問題にしているのに対し、小野田はそんな彼らが死んでも構わず逃げるべきだと主張しているのだから。

「もう沙耶香が逃げたんだ。俺らも逃げないと殺されるぞ」

その言葉が、みんなの背中を蹴飛ばした。

「逃げるぞっ」

「俺たちもっ」

「行け行けっ」

「待て！」

多治比が叫ぶのも聞かず、七人のクラスメイトたちが金網をよじ登っていく。

こちら側に残っているのは、多治比と僕と小野田。それから女子が二人だ。

「この——みんな止めるぞっ」

多治比は一瞬ためらったあと、結局小野田の手を放して金網まで駆け寄ると、高く飛び上がって二人の男を引きずり落とした。

僕も迷ったが、多治比に加勢して落ちた男子生徒の片方の腰にしがみつく。

「……き、きっと、罠だよっ」

「放せコラっ！　そんなこと知らねえんだよっ」

何発か殴られたが、その男子が金網に登るのを必死に引き止める。だがそうしている合間に、日谷と小野田を含めた計五人のクラスメイトたちが門を乗り越えてしまった。

多治比が男女一人ずつのクラスメイトを取り押さえ、僕が男子一人の邪魔をし、残っていた女子の二人が女子一人を捕まえる形で、こちら側に残ったのは八人となっていた。

一応、残った方が人数的には多い。これで許してはもらえないだろうか。

仕方ないと、残った人たちは正しかったと、彩乃が僕たちや残されたクラスメイトたちを殺さないでいてくれるだろうか。

「ご苦労さん、バカ共が」

金網の向こう側から小野田や他のクラスメイトたちがせせら笑う。

彼らはこれで自由の身になった。

——本当にそうだろうか。そんな僕の疑念を肯定するかのように……。

『その言葉はあなたたちにそのままプレゼントしてあげる』

彩乃の声が響き渡った。

『でもちょっとチョロすぎない、あなたたち。ほんの少し誘導しただけですぐ引っ掛かるなんて』

「あぁ⁉」

誘導……。ああ、そうだったのか。

さっき教室で悪臭を漂わせ、強くその場にいたくないと思わせたのも、首輪を外したのも、ドッグフードを見せたのも、やっぱり罠だったわけだ。

長期休み明けに学校をサボる生徒が多くなるように、一旦休憩を挟んで極限状態から解放されると、またその状態に戻るのには強い抵抗が生じる。しかもドッグフードという人間の尊厳を踏みにじるようなアイテムを見せ、これから先にもっと嫌なことがあると想起させれば、人の心理はより逃走の方向へと傾いていく。あとは誰か一人が逃げ始めれば、堰《せき》を切ったように他の奴らも逃げ出してしまう、というわけだ。

「早くこっちに戻って！」

もうこうなれば彼らの未来は決まっている。はぐれたら殺すと、彩乃はそう言ったのだ。

「なに言ってやがんだ、蒼樹。アイツはなんも手を出せねえんだよ」

だが僕の叫びに彼らはなんの反応も見せず、へらへらと笑いながらそこにつっ立っているだけだった。小野田が安全だと高を括っているから、それに従った彼らも無条件に安全だと勘違いしているのだ。

『さてさて、それでは約束通り教室のみんなを殺さなきゃいけないんだけど――』

「やめてくれっ」

多治比が叫ぶ。

教室には彼の友達と、彼が何よりも大切に想っている女子生徒がいる。それらが失われてしまうなんて、自分が死ぬことよりも辛いのだろう。

『はいはい、慌てないの偽善者クン。他人のやったことで責任を負わされるなんて嫌でしょうから、一つだけ助かる方法を用意してあげたってば』

やっぱりそうだったか、と得心がいく。

単純に殺すことを嫌っていた彩乃が残っているクラスメイトたちを処刑するはずがない。もっと別の何かに利用するために、使うに決まっていた。

『自分たちの手で、逃げ出した奴らを殺す。そうしたら助けてあげるってね』

ここにテレビモニターはないから彩乃の顔を見ることはできない。だが僕は、口が耳元まで裂けるような、邪悪な笑みをたたえている姿を幻視してしまった。

「え……」

それまで余裕ぶっていた小野田たちの間に緊張が走る。思わず自分の首元をもう一度確認する者もいた。

「やってみろよ。銃でも持ってくんのか？」

今すぐに背中を向けて走り出せばいいものを、不良のいらぬ反骨心のせいか、未《いま》だその場に留まって煽り続ける。

『いやー、さすがにそんな不確かな方法は取らないかな』

彩乃がそう言ったあと、ぶつっという不吉な音を立てて通信が切れた。

おそらく教室に残っているみんなに連絡を取っているのだろう。

——間違いない、殺される。

「……多治比くん、僕たちは校舎の中に入った方がいいんじゃないかな」

「ああ、同感だ」

いつの間にか暴れるのをやめていたクラスメイトと共に立ち上がり、僕は周りのみんなに逃げるよう促す。金網のこちら側にいた全員は、壁を伝って校舎へ引き返し始めた。

そして向こう側のみんなは——。

「おい、なんかヤバくねえか？」

「逃げようぜ」

「でも、暗くて道もほとんど分かんないよ」

丘の上に建てられたこの学校からふもとまでアスファルトで固められた一本道が続いているのだが、その横には蓋のない側溝が設けられていたり、たまにガードレールが途切れているところもある。

明かりすらない完全な真っ暗闇の中では、走って逃げることは不可能に近かった。

「ライターで照らせばいいだろうが、沙耶香！」

「ちょっ、分かってるってばぁ！」

何度もジャリッジャリッと火をつけるのに失敗する音が響く。そしてようやく火が灯った瞬間――。

『裏切るとか、サイテー』

彩乃……ではなく、河野詩織の罵倒が降ってきた。

『小野田ぁ、てめえいい度胸だなぁ。俺が死んでもいいってか？』

続いて山岸の声もする。

『海《うみ》ちゃん。悪いけどさ、死んでよ。私死にたくない』

さらに、別の女子生徒の声だ。

教室に残った生徒たちの恨み節が次々と聞こえてくる。

そのどれもが裏切られた怒りと見捨てられた悲しみに染まっていた。

『文句じゃなくて早くスイッチを押して自分たちの手であいつらを殺しなさい――殺せっ！』

身が凍るような彩乃の声がして、それと同時に金網の向こうからシュルシュルとスプレーを噴射した時の音が聞こえてくる。次の瞬間、校舎の屋上からスポットライトが小野田たちに向けて照らされた。

だから、僕はその地獄の光景を見ることができてしまった。

黄緑色の霧のようなものが門の辺りに漂っている。霧はあっと言う間に小野田たちを覆い、大気の中にはツンとした刺激臭が混じり始めた。

「かはっ、なんだこれっ！」

「目がぁっ‼」

「痛い、痛い、痛いぃぃぃっ‼」

霧に触れた小田野たちが急に苦しみ始め、ガリガリと体や喉を掻きむしって悲鳴を上げる。

異変はそれだけに終わらなかった。

目が、唇が、真っ赤に腫《は》れ上がっていく。彼らはたまらずその腫れた部分を引っ掻き、風船を割るかのように赤い血を溢れさせる。それでも構わず掻きむしり、やがて皮膚はベロリとめくれ上がり、桃色の肉が顔を覗かせた。

「あぁぁぁぁっ⁉」

途端、ガスと体液が反応でもしたのか、そこから白い煙が立ち上り始め、傷口はジュウジュウと音を立てて焼けただれていく。もう誰も、意味のある言葉を紡《つむ》げる者はいなかった。手の爪《つめ》が剥がれ落ちてもなお、掻きむしるのをやめず、まるで踊っているかのように暴れ回る。共通していることは一つ。これから彼らに訪れるのは、絶対的な死だけ。

「蒼樹、止まるな！」

多治比が僕の腕を掴んで引っ張ってくれたことで我に返ることができた。引かれるままに走り、学食の中に飛び込んで即座に扉を閉める。錠を回して二重鍵をかけたところでようやく死の霧から逃れられたことを自覚できて、僕は思わずその場にへたり込んでしまった。

「くそっ」

多治比が毒づいて扉を殴りつける。衝撃でわずかに扉がたわみ、隙間から塩素の臭いが部屋の中へと侵入してきた。

さっきの霧の正体は、おそらく塩酸と次亜塩素酸ナトリウム水溶液を同時に噴射したものだろう。それらは混ざり合って高濃度の塩素ガスを――つまりは毒ガスを発生させる。家庭用の洗剤同士を混ぜ合わせれば作れてしまうことからたいしたことはないと思われがちだが、その威力はえげつないくらいに高い。粘膜《ねんまく》に触れれば炎症を起こし、皮膚は焼けただれてしまう。あれだけの濃度の塩素ガスに長時間触れてしまえば、小野田たちは気道が塞がって死ぬよりも酷い苦痛に悶え苦しんでから命を落とすだろう。それが裏切りの代償とはいえ、あまりにも大きすぎると感じてしまうのは、僕がおかしいのだろうか。

「なんで……なんで……」

多治比はやるせないといったように何度も何度も扉に叩きつける。きっと彼は、小野田たちをも助けたかったのだ。

もうやめたほうがいいよ、という意味を込めて多治比の肩にそっと手を載せる。僕の気持ちが伝わったかどうかは分からないが、たったそれだけで多治比の拳は動きを止めた。

「……あの、さ」

何を言えばいいのだろう。

慰める……のは違う。

多治比のせいじゃないなんてことは、僕が言わなくても彼だって分かっている。それでも助けたいと思うほど、彼は優しく、正義感に満ちた人だ。

けれどその優しさが彼自身を苦しめていた。

「……この、ゲームのことだけど……」

何を言うのが正しいか、少し考えて——。

「多分、さ。正しい選択をすれば、誰も傷つかずに終わるんじゃないかな?」

彩乃がわざとそうならないように邪魔をしてくるけれども、それに耐え抜いて正しい選択をすれば、誰も傷つかずに済んだはずだ。

「第一のゲームは、みんなで数字を考えれば簡単に出てきたよね」

しかも、彩乃はわざわざ誕生日の情報が書かれた名簿も用意していたのだ。

他人の数字を奪ったりしなければ、全員生存は可能だった。

「……第二のゲームは無理だろ」

横から男子生徒が口を挟んでくる。

彼は、僕が抱きついたから金網を登れず、結果的に命だけ助かったクラスメイトだ。

「手足は使えないってルールだったから……体当たりでもして先生をひっくり返して中身を床に零せば良かったんだよ」

床に汚物が広がってしまうが、その方が鍵は見つけやすくなる。横倉がああやって汚物まみれになりながら取らなくても最小限の汚れだけで済んだはずだ。

何故、僕は今更そのことに思い当たったのだろう。横倉だけに犠牲を強いたあとになって。彩乃はルールとして最終的な実行者を一人選ばせ、手足を使うなとも言ったが、考えてみればそこから先の選択はルールで縛らなかった。彩乃がやったのは、古賀優乃がされたトイレでのいじめの内容を伝えただけ。そこでみんなは思考停止して、口で死体を漁《あさ》るしかないと思い込んでしまった。

もちろんこれは僕たちにとって都合のいい考えかもしれないけれど、今はこれが多治比に言い訳《いいわけ》は必要なはずだ。

「今だって全員が逃げずにいれば……誰も死ななかった、か」

多治比がぽつりとそう漏らす。

「正しい判断……正しい判断をするべきだったんだ……」

何度も、何度も、自分に深く刻み込むように……。

◇

それから僕らは逃げるわけにもいかず、彩乃の指示に従って渋々首輪をつけ直し、ほぼ何も持たないまま教室へと戻った。

教室が近づくにつれ、腐った肉を一週間くらい放置したあとに酢《す》を混ぜ合わせたような、強烈に不快な臭いが濃くなってくる。軽い吐き気を堪えながら、僕は教室の中へ足を踏み入れた。

途端、ジロリと鋭い視線が束《たば》になって突き刺さってくる。

向けられたのは敵意。間接的にではあるが、この中の誰かが五人もの命を奪う決断をしたのだが、それに対する罪悪感より裏切り者への憎しみの方が上回っているのだろう。

幸いにも、僕が逃げ出していないのは知ってくれているようで、理不尽に襲いかかってくるということはなかった。僕は止めたんだとか、言い訳を考えていたのだが、それが無駄になったことは喜ぶべきなのかもしれない。

「……た、食べ物は、なかったよ」

一応そう報告しておいたのだが、みんなそんなことはどうでもいいとばかりに視線を逸らす。彼らにとって、僕ら奇数番号組は裏切るかもしれない不信の塊だ。死なずに帰ってきたということは、逃げ出してはいない証左なのだが、だからといって信用を預ける対象になるわけではなかった。

「すまない、役に立てなくて。力不足だった」

僕に続くように多治比が教室に入ってくる。

すると河野を先頭に、何人かのクラスメイトたちが多治比の元に駆け寄ってきた。

「正邦が努力したってことは知ってる。テレビに映ってたから」

「他の奴らも止めてたしな。流石正邦だぜ」

…………僕の時とは随分違う態度に、少しだけ嫉妬心《しっとしん》が湧き上がる。まあ、これは多治比がクラスの人気者だから仕方ないかなと思わなくもない。

ただ、みんなは気付いていないのだろうか。多治比の表情に、少しだけ影が差していることに。

ここにいるみんなは、あまり自覚がないのかもしれないけれど、間違いなく自分たちの手で人間を五人も殺したのだ。それは、多治比にとって受け入れがたい行動だったに違いない。

そんな多治比の陰からひっそりと残りの生徒たちも入ってきて——一気に教室内がざわつき始めた。

僕らの背中に、憎悪すらこもった視線が突き刺さる。逃げずに残った二人の女子生徒はその対象外だが、問題なのは、逃げようとして逃げられなかった四人だ。教室で待っていたクラスメイトたちにとって、彼らは裏切り者、もしくはそれ以上の加害者になり果てていた。

それまで教室の隅に寄せられた机の上でふんぞり返っていた山岸が体を起こすと、肩をいからせながら四人の方に歩み寄っていく。何をするつもりなのかは簡単に想像がついた。

多治比もそうだったのだろう。彼は周りのみんなを抑え、山岸の前へと腕を伸ばす。

「どけ、邪魔だ」

「お前こそやめろ。あの時のあいつらは冷静さを失っていただけだ」

多治比は逃げ出した四人を積極的に庇っている。

その理由は多分……それが正しいから。

もちろん彼自身の正義感もあるだろう。けれどそう行動することで一人でも犠牲者が減るというのが、彼の出したであろう結論。

「こいつらは俺を殺そうとしやがったんだ！　俺にはこいつらに復讐する権利がある！」

「今はそんなことで争っている場合じゃないだろう！　そもそも、お前が言えたことか！」

「あぁ⁉　てめぇ、もっぺん言ってみろや！　俺のせいだって言いてえのか！」

「――っ」

自分の発言が山岸の地雷を踏み抜いてしまったことに気付いたのか、多治比は思わず口ごもった。

確かに、この状況は山岸たちの行った苛烈ないじめによって古賀優乃が自殺してしまったことに端を発する。しかし、それを追及してしまえばさらなる泥沼にしかならないことは火を見るよりも明らかだ。山岸が自分の非を認めるはずがない。そんな殊勝《しゅしょう》な心掛けをしていたら、他人を傷つけることなんてできないはずだ。

「とにかく、今はやめろ！　みんなが生き残ることこそ一番優先すべきことなんだ！」

「こんな信用できない奴らとなんて、一緒にいられるかっ！　こいつらは裏切り者だぞっ」

「それでもだっ！」

ただ、多治比は気付いていないのだろうか。この場においては山岸に味方する人の方が圧倒的に多いことを。

誰もが黙して多治比に味方をしないことが、その証左であった。

「………」

僕は、まだ言い合いを続ける二人に背を向けた。脱出しそこなったあの四人の行く末は気になったが、それよりも先にやるべきことがあった。

「横倉さん」

教室の隅で人の輪から外れ、たった一人で壁に向かって俯いて座り込んでいる横倉に声をかける。

「あの、さ。おしぼり温めてきたからさ。使って」

僕は乾いた布を風呂敷代わりにして持って帰ってきた熱いおしぼりを、横倉の視線に入るように差し出した。

「ちっ」

横倉には聞こえるように舌打ちされたが、ずっと突き出したままにしておく。冷たい床に置くとすぐに冷めてしまいそうだったので、そうせざるを得なかったのだ。

「早く使わないと、冷めるから……」

横倉は何度か温かいおしぼりに視線を送り、結局は僕の手から乱暴にそれを奪った。

彼女はすぐさま包みを膝の上に落とし、中からおしぼりを取り出して広げる。むわっと湯気が立ち上るおしぼりを、ほんの少し揉んで温度を確かめたあと、顔面を押しつけた。

途端、はぁっと深いため息が漏れる。

「良かった」

間違いなく満足してくれたことを確認してから、僕はその場を離れようと体を横に向けた。

「――なんで？」

ぼそりと、僕だけにしか届かないくらい小声で尋ねられた。

血と汚物で汚れ切った横倉の背中が、いつもいじめられている僕の姿と被って見えた、なんて理由を言ってしまえば、流石に彼女を深く傷つけてしまう。

だから僕は他の理由を探したのだが――。

「同情かよ」

少しの沈黙そのものが答えになってしまっていた。

横倉は、男子のように短い金色の髪をおしぼりで包むと、わしゃわしゃとかき回す。

「ごめん。……その、第二のゲームは……横倉さんのおかげ、というか……」

僕は元からそんなに弁が立つ方ではないが、今はいつも以上にうまく言葉を紡ぐことができなかった。

僕が他に何を言おうか悩んでいる間に、横倉は服や顔をおしぼりで清めていく。

おしぼり全体が真っ赤に染まったところで横倉は満足げなため息をつき、自分の横に置いた。

「…………」

結局何も言うべき言葉を見つけられなかった僕は、かがみこんでおしぼりを回収しようと手を伸ばす――と、その手を横倉に払いのけられてしまった。

「アンタがこれ持ってどうすんの」

「え？」

「アンタ教室から出られないでしょ。……アタシもだけど」

言われてみれば、今は休憩時間……と言っていいのだろうか？　とにかく彩乃の思惑通りに動かされて第三のゲームが終わったに過ぎない。教室から出て、自分の意思で好きに動けるわけではないのだ。

当然、汚れたおしぼりを回収したところで何ができるわけでもなかった。

「……そっか」

不良グループにはパシリとかをよくやらされていたせいで、そういうのが身に染みついてしまっていたから、回収することになんの疑問も湧かなかったのだ。

手をひっこめたあと、どうするべきなのか何も思いつかなくてその場に固まってしまう。

「どうしよう……」

まだ多治比と山岸の言い合いは終わらない。それどころか、かなり険悪な状態にまで発展しており、河野たちが間に入ってなんとか収めていた。僕の出る幕はないだろう。

テレビの方もまだ真っ暗なままで、彩乃は何も言ってこない。手持ち無沙汰《ぶさた》なだけの、何かをしなければいけないわけでもない時間は、酷く居心地が悪かった。

「……何してんのアンタ」

「何すればいいかなって……」

「適当なところに座ってれば？」

横倉の周りには誰もいない。おそらく彼女がみんなを避けているのではなく、みんなが彼女を避けているのだろう。

僕は横倉の一メートルくらい離れたところに腰を下ろした。

再びいたたまれない空気が辺りに漂う。何か話した方がいいんだろうかと思いつつも、話題なんて僕が思いつくはずがない。だいたいまともに女子と話したことすらないのに、話題を振るなんて真似ができるはずがなかった。

「ねえ」

すると、横倉の方から声をかけてくる。

「アンタ、ここに座らないでどっか行きなよ」

「…………」

ちょっとだけ悲しくなってしまった。

だが、続く彼女の言葉を聞いて、そうではなかったと思い直す。

「アタシと一緒にいると、アンタもハブにされるよ」

どうやら横倉は僕を心配してくれているらしかった。そんなこと、今までの学校生活で初めてのことじゃないだろうか。

「……ありがとう。でも、いいんだ」

横倉はただ黙ってじっと僕のことを見つめている。

その瞳は、なんでと問いかけてきていた。

「ほら、このゲームはいじめとかそういうのが発端だから、これ以上仲間割れをしたり、誰かを一人にするのはもうやめようって……。多治比くんとも話したんだ」

「多治比と？」

多治比は横倉のことを唯一、体を張って助けようとした存在だ。

今の横倉にとって、彼だけは心を許せる存在かもしれない。

「……守れなくて悪かったって言ってた」

多治比は今もなお山岸と言い合いを続けているが、それがなければきっと横倉の傍に来て気遣ったんじゃないだろうか。

彼は、そういう人だ。

「そう」

自分が一人じゃないことを知って安心したのか、横倉は幾分か気持ちがほぐれたようで、柔らかい表情を浮かべる。

彼女は僕をいじめている不良グループに所属していて、正直あまり好きじゃなかった。でも今、僕はこうして彼女と話をしている。こんな状況でも、それは多少なりとも救いになることなんじゃないかと、僕は感じたのだった。

◇

『はいは～い、ちょっと色々手間取っちゃってさ。待たせてごめんね～』

テレビが明るい声を振りまき始めたのは、横倉と話をしてから五分程度の時間が経ってからだった。

『でもゆっくり休憩できたんだからいいよね』

「クソくっせぇ教室でな。休憩になるかよ」

彩乃の言葉に山岸が噛みつく。

『そんなこと言ったらクソ女ちゃんに悪いでしょ？』

彩乃の返答を聞いた横倉がビクンと反応する。今のは横倉を揶揄《やゆ》する意図で言ったのだろう。

「ちっ、うぜぇ。んなこたどうでもいいんだよ」

『なに～、あなたたちがさっきつけたんでしょ、このあだ名。あれ、女王ちゃんだっけ？』

女王ちゃんとは河野のことか。どうやら僕たちが教室を離れてから何やら揉め事があったらしい。横倉に事情を聞くのも憚《はばか》られるような出来事が。

なるほど、横倉が僕に忠告するわけである。

こんな状態になってもまだいじめの真似事をする……いや、こんなストレスがかかる状態だからこそ、何かを痛めつけて自分を保とうとする、実に人間らしい習性の発露なのかもしれなかった。

「四つ目のゲームのために出てきたんでしょ。やるなら早くして」

多治比の前でその話題を出されたくないのか、河野が強い口調で彩乃を急《せ》かす。ただ、今の彼女の発言には気になることがあった。僕は第三のゲームの説明を受けた記憶はない。けれどだいたいの想像はつく。さっき小野田たちが死んだアレが第三のゲームだったに違いない。僕たちがゲームの駒になって、教室に残った人たちがプレイヤー。

内容は、逃げ出した人を殺すこと。

もしかしたら、多治比が駒の方に選ばれたのは彩乃の意図したことかもしれない。

小野田が暴走したことも、横倉が犠牲になったことも、僕がパスコードを見つけて助かったことも。僕らの行動は全員彼女の掌《てのひら》の上で踊らされた結果なのではないか。

じゃあもしかして、これからのことも？

そう考えると、酷く気持ちが悪かった。

『はーいはいっ……とその前に、次のゲームはそんなに臭かったら色々と不利になっちゃうから、着替えさせてあげる。お姉さんやっさし〜』

体が恐怖で小刻みに震える。耳元まで裂けたのかと錯覚してしまうような、あの邪悪極まる笑みを彩乃が浮かべているのを見てしまったからだ。

また何か仕掛けてくるのだろう。人の心を操って、破滅へと誘導させるような何かを。

『全員、更衣室に着替えを用意してあるから集合。ああ、クソ女ちゃんはシャワー使っていいよ。特に汚いしくっさいから』

「……うるさい」

彩乃はしっかりと横倉の心の傷口を抉ってから、僕たちへの指示を終えた。

テレビの電源が落ち、彩乃の顔が消える。監視されていることには変わりないのだが、だいぶプレッシャーが減るのは確かだ。

移動するために立ち上がった時、ふと横倉と目が合ってしまう。彼女と僕の間には、僕が温めて持ってきたおしぼりがある。シャワーを使うことが許可された今、横倉がそれを使って顔や体を拭いた意味はほとんどなくなっていた。

「……ごめん。あんまり役に立ってないね、僕」

なんだかバツが悪かったのでつい謝ってしまう。

「……アンタが謝る必要はないでしょ」

「そう、かな？」

とりあえず否定してくれて……でもそれで終わりだった。横倉はふいっと顔を背けると、他の誰かを待つこともなく、たった一人で教室から出ていった。不良グループは、まだリーダー格である山岸と、横倉と同性である旗野が生き残っているのだが、もう一緒に行動する気持ちはないみたいだ。

「もう、誰も死なないといいな……」

もしも、もしも横倉がいじめられる側の辛さを理解してくれたとしたら、そしてそこから何かを感じてくれたなら……。僕は横倉に対して奇妙な仲間意識を抱いてしまっている。祈るような願いと共に、僕は彼女の背中を追って教室を出たのだった。

◇

更衣室は、一つの部屋を薄いプラスチックの壁で真っ二つに分け、スチール製のロッカーを外周に沿って二十台ほど並べ、中心に木製のベンチを置いただけの、雑然とした部屋だ。その隣にシャワー室が併設されており、部活でついた汚れを落とすことができるようになっている。

僕が更衣室前に着いた時、既に横倉の姿は見えなかった。もうシャワー室に入ってしまったのだろう。誰もいない更衣室に一番乗りで入ると、適当なロッカーを開けた。

ロッカーの中には綺麗に畳まれた真っ白な体操服が置いてある。どうやらそれに着替えろということらしい。

僕は体操服を手に取って広げ……。

「ちょっと、大きいかな……」

ため息をつく羽目になった。

最初に手に取った体操服の大きさは明らかにLサイズ。基本的にSサイズを使用している僕には大きすぎる。他のロッカーには大きさの違う体操服が用意されているのだろうかと考えて、隣のロッカーを確認しようとすると、折悪《おりあ》しく多治比をはじめとした他の男子たちが入ってきてしまった。

彼らはまるで今が生きるか死ぬかのゲーム中ではないかのように、普通に会話をしながら着替えを始めてしまう。

僕が大きすぎる体操服を抱え、どうしようかと思案していると……。

「蒼樹、どうかしたのか？」

多治比が声をかけてくる。

しかも、今までの学校生活とは比べものにならないほど近い距離にまでやってくるものだから、思わず一歩あとずさってしまった。

「い、いや、その……ちょっと大きいなって」

「ああ、上は良くても下はまずいもんな」

事情を察した多治比は、すぐにクラスメイトの方へ振り向くと、体操服の大きさを確認するように言ってくれる。ほどなくしてSサイズの体操服が見つかり、多治比は手ずからそれを僕に渡してくれた。

「あ、ありがとう」

僕はいつもクラスで存在感を消し、なるべく誰とも関わらないように、注意を引かないように生きてきた。だから、僕のためにクラスの誰かが動いてくれるなんてこと、初めての経験だった。

少し、面映《おもはゆ》い。

「いや、お礼は本来俺の方が言わなきゃいけないんだ。ありがとな、蒼樹」

「え、何が……？」

僕には彼からお礼を言われるようなことをした覚えがまったくなかった。

「第一のゲームで、俺は柴村を見捨ててしまった。でもお前は生き延びられる確証もないのに自分のカードを柴村に譲った。あれは俺にとって衝撃だったんだ」

「そ、それは多治比くんがお礼を言うことじゃないかも……」

あれは多治比が思っているような、正義からの行動ではない。

単に死んでも良かっただけだ。結果的にこうして生きているが。

「それにさっきだって色々と俺に協力してくれたり、教えてくれたりしたじゃないか」

「……そう、かな？」

別に褒められるようなことをしたつもりはないのに、多治比はこうして賞賛してくれる。しかもそれはおべっかというわけではなく、彼が本当にそう思っているというのは目を見れば分かった。

こういう人だからクラスの人気者になるのだなと得心が行く。

「そうだって」

そして多治比は僕に手を差し出してきた。

「蒼樹。これからも俺と仲良くしてくれるか？」

「あ、えっと……」

ここまでぐいぐい来られると、僕の脳の処理が追いつかない。彼のことが嫌いというわけではないし、仲良くできるのならそうしたいが、突然の申し出に少し気後《きおく》れしてしまった。

それでも断るのも違うと思ったので手を持ち上げたら、グイッと掴まれ、やや強引に握手された。

「ありがとう、よろしくな」

「あ、うん……よろしく」

多治比は、にこっと笑ってから僕の二の腕辺りを軽く叩き、彼の友達のところへ戻っていった。

彼はいい人だ。いい人だけど……。

「……これからも、か」

多治比は変わることなく明日が来ると信じているみたいだったが、僕はそんなに楽観的ではいられなかった。

四時限目（前）――残り生徒数　22人

数分とはいえ休憩したことで、ある程度心身は回復できたらしい。

男子だけでなく女子たちの話し声も薄い壁越しに聞こえてきた。

ただ、既に七人が死んでいる。残る生徒の数は二十二人だ。死神の鎌は、確実に迫ってきている。それを誤魔化《ごまか》すために、あえて平静を装《よそお》っているのかもしれなかった。

「みんな、着替えたな？」

「ああ」

僕を含んだ男子のほとんどは体操服に着替え終わった。だが、先ほど食料を取りに行って逃げようとした男子たちと山岸が、まだ更衣室に来てすらいない。一応、逃げ出した彼らに対して危害を加えないと多治比が山岸に約束させていたが、今彼らがこの場にいないのは山岸が関係しているとしか思えなかった。

「中島《なかじま》と杉山《すぎやま》と……山岸も来てないのか」

多治比が頭を押さえて呻く。そうだ、確か逃げ出した男子二人の名前はそんな名前だったっけ、と僕は薄情な感想を抱く。

多治比が逃げ出した中島と杉山の安全を保証する責任はまったくない。みんなから憎まれるのは当然のことだ。もちろん、理不尽な暴力を認めるわけではないけれど。

ただ、少しばかり多治比は背負《せお》いすぎのような気がする。

「ちょっと見てきて――」

「きゃぁぁぁぁぁっ‼」

「来ないでぇっ‼」

多治比が何か言おうとした瞬間、隣から聞こえていた話し声が突然悲鳴に変わる。

「どうしたっ⁉」

男子生徒の一人が壁越しに尋ねるが、返ってくるのは大きな悲鳴や、拳を仕切り板に叩きつける音、ものが倒れて転がる音ばかりで、状況がまったく分からない。なんらかの脅威が、女子更衣室側に現れたと想像できるだけだ。

逃げるべきなのか、それとも女子更衣室へ向かうべきなのか。

頭の中を二つの選択肢がグルグルと回る。どうすればいいのか、まったく判断がつかなかった。

『は～いはい。クソ女ちゃん、まだゲーム開始してないでしょ。フライングすると殺しちゃうぞぉ』

更衣室に備え付けられていたスピーカーから彩乃の声が聞こえてきた。その言葉から察するに、女子生徒たち前に現れた脅威の正体は横倉らしい。

でも、いったい何故？　向こうで何が起きているというのだろうか。

『それでは第四ゲームの説明をしま～す。シチュエーションはねぇ、ずっと苦汁《くじゅう》を舐めさせられてきたいじめられっ子が、なんとなんと銃を手に入れて復讐しようとやってきちゃった！』

「え……？」

『いじめられっ子は、自分をいじめた相手を殺したくて仕方がない。でも、殺したいほど憎んでいるのは、いじめの加害者だけ。というわけで、いじめられっ子は指定された三人の標的を全員殺したら勝ちってルールだよ。簡単に言うと鬼ごっこってこと。クソ女ちゃんはしっかり標的を殺してね～』

それはつまり、鬼役の横倉が特定の標的を殺すまで待っていれば終わる、ということだ。

クラスの大多数はこのゲームに一切関係ない。

逃げる必要も、隠れる必要もない。

ただ、標的となった人間を差し出せばいいだけだ。

――また、そういうゲームだ。

クラスの中から犠牲者を差し出して、平気な顔をしろという、いじめの構図を強制的に生み出すゲーム。

『制限時間は二時間でお手つきは二回までセーフ！　それよりも多く殺したら、鬼の首輪は爆発しちゃうから気を付けてね、クソ女ちゃん』

「おい、標的って誰のことなんだよ！」

男子生徒の一人が悲鳴を上げる。

だが、僕はそれよりも気になることがあった。

お手つきは二回まで。

標的以外の人間を殺していいのは二人まで、という意味だ。

これは、関係のない人間を殺さないようにする配慮ではない。標的が鬼に、わざと無関係のクラスメイトを三人殺させることで鬼――横倉を逆に殺すことができる。つまり標的にされた人間が生き延びるための手段にすることができるのだ。

標的の人間は間違いなく、積極的にそうでない人間を盾にしようとするだろう。

標的を生贄《いけにえ》に捧げようとする人と、引き込んで押しつけようとする人。本当に……本当に、人の心の闇を利用するゲームばっかりだった。

『ターゲットの名前は鬼以外には非公開だけど、ヒントをあげる！　ターゲットは優乃の遺書に載っていた生徒の中の三人だよ。みんなは存分に疑い合ってね！』

「もし、二時間を過ぎたらどうなるんだ？」

多治比が更衣室に設置されたスピーカーを睨みつけて問う。

彼はまだ諦めていないのか、なんとかして誰も傷つかない道を探そうとしているようだった。

『何も』

「何もっていうのは……」

『そ、何も起こらず君たちは誰も死なず、第五回のゲームに移るだけ』

「そうかっ。――誰か手伝ってくれ！」

多治比が嬉しそうに笑い、女子更衣室へ向けて走り出していく。

犠牲者の出ない道を見つけた。これでみんなが助かる、とでも思っているのだろうか。

そんなことあり得ないのに。

多治比はいじめを受けたことがないから分からないのだろう。

いじめられるのがどれほど辛いのか。

いじめられたらどれだけ怒りを持つのか。

僕だって力があればと思い、何度想像の中で山岸たちを殺してきたことか。いつだって復讐したいという暗い欲望を抱いていた。それ以上に諦めや恐怖の方が強かったけれど。

いじめを受けたばかりで、まだ心が完全に折れていない横倉は、その復讐したいという思いがひときわ強いことだろう。そして今、彼女は復讐ができるだけの力を手渡された。

挙句、お手つきのルールもある。そのルールを聞いた彼女はこう考えたりはしなかったのだろうか？

――つまり、標的以外も二人までは殺してもいい。

「――っ」

僕は唇を噛みしめる。

幸いなことにまだゲームは始まっていない。今ならまだ殺人を止められるかもしれない。

「………ごめん、ちょっと、いいかな？」

僕は、どうするべきなのか迷っているクラスメイトにあることを頼むと、多治比のあとを追ったのだった。

◇

「横倉、やめるんだ」

女子更衣室に入ると、多治比が入り口付近から体操服姿の横倉を説得しようとしているのが見えた。

横倉は多治比から一メートルほど離れた場所に立っていて、隅で団子《だんご》になって固まっている女子たち――未だに着替えが終わっていなかったのか、何人か半裸に近い者もいる――に、リボルバーと呼ばれる回転式の拳銃を向けていた。

「は？」

意味が分からないとばかりに、横倉が唇を歪《ゆが》める。

「ありえないでしょ。多治比、アンタバカ？」

多治比を罵倒したあと、彼女はその背後にいる僕にも視線を向けた。

「蒼樹も。アタシを止めようとしてんの？」

そして、そう僕を嘲った。

でも、いつも罵倒されていたから分かる。横倉の目は、宿している光がいつもと違っている。嘲弄《ちょうろう》の色は見てとれず、むしろ、僕たちに来るなと頼んでいる感覚すらあった。

『いや～、二人は頑張るよねぇ。偽善者クンはまだしも空也クンだよ。クソ女ちゃんには今までずっといじめられてきたんでしょ？　なのにその相手をよく守ろうって気になるね』

「………………」

僕の行動はそう見えているのだろうか。僕は、多治比のように正義感から動いているわけではない。単純に、いじめられている仲間への親近感だとか、誰かがいじめられている場面を見たくないとか、そういうもっと利己的な理由からだ。

俯いて何も返事をしなかったことで、彩乃はそんな僕の内心をわずかながら理解したのか、『まさかクソ女ちゃんに惚《ほ》れちゃった？』とからかってくる。

もちろん、僕はそれに対しても反応を返さなかった。

「……どうでもいいから早く始めろ」

横倉が拳銃を構え直し、ゲーム開始の合図を催促する。

『はーいはい、分かった分かった。それじゃあ…………三』

彩乃がカウントダウンを始める。

まるであてつけのように。

あるいは、横倉の凶行を止めようとする僕たちに協力するかのように。

『……二』

僕は多治比の横に並ぶと、いつでも飛びかかれるように気持ち重心を落とす。

『……一』

銃を向けられている女子たちの顔面からは、どんどん血の気が引いていき、言葉にならない耳障《みみざわ》りな悲鳴があちこちから上がった。

『スタ――』

開始を告げる声は、聞こえなかった。

男子更衣室側から、メキメキッという音と共にロッカーが仕切り板を割って突き破ってくる。ロッカーは勢いそのままに女子たちと横倉の間に割って入り、障害として積み上がった。

これは僕が他の男子に頼んでいたことだ。女子のみんなが、壁際に固まっていることは声と物音で伝わってきていた。だから、中間よりも前、入り口側よりのロッカーを押して壁を崩せば、女子の脱出口と横倉に対する障害を同時に作ることができるのではないかと考えたのだ。

「くそっ」

派手な音と急激な状況変化に、横倉が気を逸らした瞬間――。

僕は彼女に飛びかかった。横倉は説得なんかじゃ止められないし止まらない。

なら、物理的に止めるしかない。

こんな決断をして、誰かに体当たりをするなんて初めてのことだ。もしかしたら、僕もこの状況から色々と影響を受けているのかもしれなかった。

「なっ⁉」

僕は驚く横倉の腕を掴むと、天井に向けて思いっきり持ち上げる。銃口が女子たちから逸れた。これで危害を加えることはできないはずだ。

僕がこの状態を保っていられる間だけは。

「こっちに来いっ！　早くしろっ‼」

女子たちは、穴から顔を出した男子生徒に怒鳴られて一瞬ぽかんとしたが、すぐに我を取り戻すと、仕切り板の亀裂《きれつ》から次々と脱出を始める。

「蒼樹、てめぇっ‼」

「ナイスだっ！」

横倉と多治比がそれぞれ逆のことを口にしながら同時に動き出す。

横倉は女子とは思えないほど力が強く、僕が両手で押し留めているというのに抵抗することすら難しかった。あと一秒も経てば、横倉は銃口を女子の中の誰かに向けることに成功しただろう。

だがその前に、多治比が横倉の銃を持っていない方の腕を掴み、グイッとねじり上げて拘束した。貧弱な僕とは違って、彼は横倉の力などものともしないようだ。

「くそっ、離せっ！」

「お前が銃を手放す方が先だ！」

「できるかそんなことっ‼」

彩乃は言及していなかったが、この第四のゲームを一瞬で終わらせる方法がある。それは今すぐ鬼である横倉を殺してしまうことだ。鬼がいなくなれば、必然的にゲームは終了せざるを得ない。

横倉も命を狙われる立場なのだ。拳銃という絶対的に有利な力を手放せるわけがなかった。

「なら悪いが……」

横倉の背中側で捻《ひね》り上げた腕に、多治比は容赦なく力を加えていく。痛みで横倉の顔が歪み、食いしばった歯の隙間から苦悶の声が漏れる。

「多治――つっ」

拳銃を持つ腕の力が、一瞬だけ緩んだ。

その隙を逃さず、僕は横倉の手を強く打ち払って拳銃を弾《はじ》き飛ばす。床に落ちた拳銃は、そのままザザーァッと重い音を立てて滑《すべ》っていき、ロッカーや壁材の残骸《ざんがい》の下に潜り込んだ。

これでそう簡単には拳銃を拾えない。

僕は横倉の腕から手を放すと、一歩後ろに下がった。

「てめぇ、蒼樹……」

視線だけで殺されそうな勢いで睨みつけられてしまう。いつもの僕ならばこれだけで縮み上がってしまい、彼女の言いなりになっていた。

でも、今だけは違う。彼女の怒りをしっかりと受け止めて、瞳を見つめ返した。

「……やめようよ、横倉さん」

「やめられるわけねえだろ！　アタシは絶対に山岸を許さねぇ！」

横倉は汚物の中に顔を何度も叩き込まれ、人としての尊厳を踏みにじられた。その憎しみと絶望は、計り知れないものがある。

「それからアタシを見捨てた旗野と、アタシをクソ女って呼びやがった河野もだ！　絶対ぶっ殺してやる！」

「落ち着け、横倉！」

落ち着けと言われて落ち着けるはずもなく、横倉は拘束を外そうと躍起《やっき》になって暴れ回る。ロッカーや破片が散乱している更衣室でそんなことをされては、横倉自身が傷ついてしまうと考えたのだろう。多治比は視線で彼女を外に出すように僕へ合図を送ってきた。

「よ、横倉さん。とりあえず廊下に出て話を……」

「うっせぇっ！　放しやがれぇっ‼」

僕はあまり役に立ってはいなかったが、多治比と二人で横倉を抱えて廊下に引きずり出す。多治比は腕を一瞬だけ放すと、横倉が傷つかないように脇の下から首裏にかけて腕を通して拘束し直した。

「横倉っ。このまま二時間お前が何もしなければ、傷つく人は誰も出ないんだ！　気持ちが分かるとは言わない。でも辛かったのは想像がつく。腹は立つだろうが頼むから抑えてくれっ」

暴れる横倉に手こずりながら、多治比が説得にかかる。彼の言葉は強く、嘘偽りなくどんな人も傷つかないことを望んでいた。

たとえそれが、彼の慈愛に満ちた思いにそぐわないような悪を守ることになったとしても。

「横倉さん、お願いだよ！　それが今は一番いい選択なんだ。復讐ならあとからでもできるからっ」

月並みな説得にならないように、僕は色々と聞きかじった根拠だとか民事裁判がどうとか言葉を並べていく。ついでに慰謝料《いしゃりょう》なんていう単語まで持ち出して説得したところで、横倉が苛立ったように言い返してきた。

「黙れっ。こっちの事情を知りもしねえくせに邪魔するんじゃねぇっ」

「……事情？」

僕が聞き返すと、横倉はハッとした表情を浮かべ、それ以上そのことには触れるなとばかりに歯を食いしばる。

「――だいたい蒼樹、てめえなに気軽に話しかけてきてんだ？　アタシとお前はそういう間柄だったか？　違うよなぁ」

「そ、それは……」

横倉の言う通り、僕は彼女にパシリに使われたりストレス解消の道具にされたりするような関係だった。横倉はいじめの加害者で、僕は被害者。確かに、僕は彼女にいい印象を持ってはいない。

でも――。

「ちょっと気弱になったアタシに良いことをして、仲良くなれたとでも思ったか？　勘違いすんじゃねえよ。アタシとお前じゃ、立場が違うんだよ！」

そう言う彼女の瞳は、二人で並んで座っていたあの時に見たものとまったく変わっていなかった。悲しみと寂しさを、そして、何か言葉にできない柔らかい光をたたえているのだ。

だから僕は、彼女の言葉を――信じない。

「良いことって、思ってくれてたんだ……」

「チッ」

しまった、という感じで横倉は舌打ちをする。

こんな状況で思うことじゃないけれど、彼女のいろんな面をこの短時間でたくさん見られて、場違いな感情――おかしさが込み上がってきてしまった。

「笑うんじゃねえっ！　このっ、蒼樹のくせにっ！」

横倉が僕に掴みかかってこようと必死に手を伸ばすが、多治比がしっかりと捕まえているため、それもできない。手がダメだったらと次は蹴ろうとして必死に足を動かすのだが、これもうまくいかず、しかも傍から見ていると操り人形が動いているような、滑稽な動きになってしまっていて――。

「横倉……ふっ……落ち着けって……」

多治比も思わずといった感じで笑っている。

「クソがっ！」

「いや、あの……違くて、ね？」

僕も多治比も、いけないとは思いつつも忍び笑いが零れ出てしまった。

「てめぇら殺す！　絶対殺す！」

そう脅されたものの、声にあまり怒気が感じられない。まるで照れ隠しのために怒ってい
るようだった。

ああ、そうだ。僕たちが心配する必要なんてなかったのかもしれない。

傷つけられた痛みを魂に刻みつけた横倉は、人を傷つけることができないのだ。今なら不
思議と信じられる。横倉は、まだ決定的な一歩を踏み出していないって。

「横倉、お前は――」

笑顔の多治比が何か言いかけたところで急に顔を強張らせると、横倉の体を抱きしめてく
るりと体を反転させ、その動きを利用して僕を突き飛ばした。

何が起こったのか分からないまま、僕はバランスを崩して壁に叩きつけられる。肩と頭を
固いコンクリートに思い切りぶつけてしまい、痛みで一瞬視界に火花が散った。世界が揺れ
る中で、危ないっという多治比の声と、何か別の……とても不吉な音が聞こえた気がした。

「くっ……」

目を開いて、状況を確認する。

僕の目の前には多治比が立っており、何か変わったところは――あった。

僕が見ていなかった一瞬で、多治比の左肩が真っ赤に染まっていた。いや、もう肩だけで

はない。僕が見ている間にも、体操服の腕や背中の部分にどんどん赤色が浸食していく。

こんな短い時間で、しかも近づきすらせず人間に危害を加えられるものは――一つだけある。

「しま――っ」

僕は馬鹿だ。

ちょっと物陰に蹴り込んだだけで誰でも取れる状態だったのに、そのまま放置してしまった。悪意ある人間がそれを見たら、拾い上げて横倉を殺そうと思いつくだろうに。

「多治比くんっ！」

ゆっくりと、まるで動画のスロー再生のように多治比の体がその場に頽《くずお》れていく。

「あ……」

呼気とも声とも取れない音が、横倉の口から漏れる。彼女の眼は驚愕に見開かれ、床に倒れる多治比の姿だけを映し出していた。

「うわ、ホントに本物なんだ」

こんなことを……人を殺しかけるなんてことをしでかしたのに、随分と呑気《のんき》な声が聞こえてきた。

「――っ」

廊下の先に視線を向けると、未だ硝煙《しょうえん》が立ち上る拳銃を手にした女子生徒、不良グループの一人である旗野が立っていた。清楚な顔を悪意で歪めている彼女の服は、着替えるのが間に合わなかったのか、上だけが体操服でスカートの上からブレザーを巻きつけている。

「ねえ、咲季。あんたなに青春やってんの、バッカじゃない？」

「……アタシよりバカなアンタに言われたくない」

ショックから自分を取り戻した僕は、二人のやり取りを他所《よそ》に多治比の名前を呼びながら倒れ伏す彼の傍へと駆け寄った。

多治比は目を閉じたまま動かないが、浅く呼吸はしている。

とりあえず傷口に手を当てて止血を試みる。しかし、そんな間に合わせの処置がうまくいくわけもなく、指の隙間からどんどん熱い血が溢れ出してきて、それに比例するかのように彼の体からは生気が失われていった。

「あ……そんな……どうすれば……」

周囲を見回してみても、誰もいない。全員、僕たちが横倉を廊下に出した際に逃げ出したらしい。唯一旗野だけは、転がった銃を目にして拾いに戻ったというところか。

助けになってくれそうな人は横倉しかおらず、その横倉は旗野が向けた銃口によって縫い留められている。

「――とにかく血を止めないと……！」

銃弾で丸く穴が開いた部分から多治比の体操服を破り、傷口を露出させて状態確認する。

銃弾は左鎖骨辺りを貫通したようで、肩の肉を抉るような傷を作っていた。

僕はその傷口に体操服の切れ端を押し当て、体重をかけて思い切り圧迫する。

「ぐぅ……っ」

多治比が全身を強張らせて呻き声を上げた。

「ごめんっ。多治比くん、我慢して！」

どのくらい血が流れたら人が死んでしまう、といった医学的知識なんか、僕は持ち合わせていない。だけど、素人目《しろうとめ》にも明らかに危険だと分かる量が流れ出てしまっていた。

「あ、多治比死ぬの？　もったいな。せっかくのイケメンだから死ぬ前に味見したかったのに」

信じられない。自分が殺しかけたというのに、旗野から出てくる感想がそれなのだ。

この異常な状況によって、旗野の中にある異常性が顔を覗かせてきたのかもしれなかった。

「横倉さん、多治比くんの体操服を破って止血用の……包帯を作って！」

僕は直接傷口を圧迫しているため、手を放すことができない。

横倉だけが多治比を助けられるのだ。

「――分かった」

旗野から何かされるかもしれないが、今この場で処置をしなければ、多治比は確実に死んでしまう。それを理解してくれたのか、横倉は頷いて行動を開始した。

幸いなことに、旗野は三、四メートルほどの距離を保ってこちらを眺めているだけで、新たに何かしてくることはない。罪悪感もないが、多治比を見殺しにする気もないらしかった。

「いやでも銃ってすごいねぇ。パンッて撃ったら一発で多治比が死にそうってマジウケるんだけど」

「…………」

「これあればもう大丈夫っしょ。優でも言うこと聞かせられそうじゃね？」

「…………」

「……チッ」

僕も横倉も、彼女のことは無視して処置を続ける。

朦朧《もうろう》としていて意識があるんだかないんだか分からないほど衰弱している多治比の体を起こし、止血帯をしっかりと巻きつけていく。巻いた端から血が滲《にじ》んで真っ赤に染まるのだが、手で押さえていた時よりはだいぶ出血の勢いが緩やかになっていた。

「あとは保健室に運んできちんとした道具で処置をすれば大丈夫……だと思う」

「そう」

無表情で頷いた横倉は、先ほどシャワーを浴びて汚れを落としたのに、また体中血まみれになっている。

でも、今度は自ら進んでそうなったのだ。以前のような悲愴感《ひそうかん》は欠片もない。彼女の瞳には、多治比の命を案じる色だけがあった。

「終わった～？」

やけに間延びした声で旗野が確認してくる。まるで彩乃のような気楽さだ。

この声を聞いて気付いたことがある。彩乃の声は旗野のそれと比べると、明らかにわざとらしい作った感じがするのだ。

彩乃は異常者を装った普通の人間で、旗野は本物の異常者。そういうことなのだろうか。

「ねえねえ咲季。最初あんたを殺すつもりだったんだけどさ。考えてみると二時間大人しくしててくれるなら殺さなくていいんだよね」

「……ごめん、横倉さん。保健室まで一緒に運んでくれないかな」

僕は旗野の言葉を無視して横倉に言う。

出血はまだ完全に収まったわけじゃないし、多治比はもう既に大量の血を流している。このまま廊下に寝かせていたら命を落とす危険がある。保健室の場所はこの廊下を歩いた先、更衣室と同じ一階だが、かなり遠い。チビの僕が体格のいい多治比を運ぶのは無理があった。

「このままだと――」

「おい、話してるの邪魔すんなよ。殺すぞ、蒼樹」

旗野の声色が一気に変わり、思わず体が小刻みに震え出してしまうほどの殺気が襲いかかる。彼女は、ただ会話の邪魔をしたというだけの理由で、本気で僕を殺すつもりなのだ。

「お前も馬鹿なの？　今私がコレ持ってるの、見えない？」

旗野はそう言いながら、拳銃のシリンダーをいじってカチカチと音を立てた。

銃。それは一切近寄らずに相手を攻撃することができる、ある意味で人類最高の発明品。どれだけの筋力があろうと、指一本で操られるその武器の破壊力を上回るのは不可能だ。

今現在、旗野はこの学校にいる僕たち二年一組の生徒たちの中で最も絶対的な力を手にしていた。

「……す、みま、せん」

思い出したように襲いくる恐怖から歯の根が合わず、言葉も思うように出てこない。じわりと、手のひらに嫌な汗が浮かんでくる。多治比の危機故に忘れていた恐怖が顔を出し、体がすくんで動けなくなってしまった。

旗野はそんな僕を見て、満足そうな笑みを浮かべてから横倉との会話を再開する。

「でさぁ、どうすんの咲季ぃ」

「………」

「私ってターゲットの一人だよね？　標的は遺書にあった名前の誰かって言ってたし」

旗野には自分がターゲットであるという確信があるようだった。おそらく、警察からの事情聴取か何かの際に遺書を見たことがあるのだろう。

だが、横倉は何も言葉を発しなかった。彼女の表情は一ミリも動かず、何を考えているのかまったく窺い知ることができない。沈黙が、ただただ怖かった。

「なんか言えよ」

銃口を横倉に向けて、ばぁーんとふざけて撃つふりをしてみせるが、それでも反応はない。

結局、旗野はため息をつくと、聞き出すのを諦めて話題を変える。

「優って結構言うこと聞きそうにないから、牽制《けんせい》する仲間が欲しいんだよね」

今不良グループの中で生き残っているのは山岸、旗野、横倉の三人である。そのうち、山岸は仲間であろうと自分のためならばいくらでも切り捨ててしまうのは横倉の件で証明済みだ。

旗野としてはこのまま山岸についていけば捨てられるかもしれないと考えているのだろう。

「……アンタ、山岸に逆らうつもりなの？」

「ま〜ね〜。拳銃あれば余裕っしょ」

だが、いくら拳銃を持っていようと力で脅し続けてずっと命令に従わせるのは困難が伴う。ある程度カバーしてくれる仲間が必要不可欠だ。

そして旗野が今唯一従えられそうな存在、それが横倉だった。

「なんで？」

「そりゃさぁ、このままゲームってのが続くと流石にヤバそうじゃん。優とか絶対私のこと見捨てるだろうから、ピンチになったら逆に優を差し出そうかなって」

彩乃がこんなゲームを始めたのは、間違いなく、不良グループを含めた僕たちの反省のなさが原因の一つだ。それだというのに、旗野はまったく悪びれた様子もなく、またも他人を犠牲に自分だけ助かろうと考えていた。

吐き気がこみ上げてくる。旗野という女の精神構造は、僕にはまったく理解が及ばない上に、嫌悪感すら生じさせていた。

「そ」

短く返事をした横倉が立ち上がって、一歩旗野に近づく。

それに対して旗野は機敏に反応して銃を構えた。

「おっと、返事なしで近づかないでくれる？」

「………」

「仲間にするとしても、このゲームが終わるまで咲季にはどっか適当なところで静かにしてもらうつもりなんだけどね」

「そ」

横倉の顔が、見えない。

でも彼女の背中から伝わってくる感情は、こんな状況だというのに冷え切っていて……。

「ねえ、満」

横倉が、呟くように旗野の名前を呼ぶ。

その言葉には、凍るような覚悟が――。

「糞を食ったらいいよって言ったらどうする？」

込められていた。

「ハッ、受ける。アンタ立場の違いをわ――」

旗野の言葉をかき消すように、パンッと、銃声が響いた。

音の発生源は旗野ではない。

横倉だ。

「え？」

馬鹿みたいに呆《ほう》けた顔で、旗野は自身の腹部を見下ろす。

そこには真っ黒いサインペンで塗りつぶしたような穴が開いていて……。

「なに、これ……」

旗野の戸惑いの声と共に、赤い染みがどんどん広がっていく。

「分かんないの？」

いつの間にか、横倉は体操ズボンのポケットに手を突っ込んで何かを握っていた。小さく焦げた穴が開いており、そこから硝煙が上がっている。

彼女は銃を一つではなく二つ持っており、ポケットの中に入れたまま発砲したのだ。

たったそれだけ。ほんの一瞬にして一発で、あれほど危うかった状況は逆転してしまっていた。

「死ぬんだよ、お前」

考えてみれば、武器が銃一丁だけというのは色々と都合が悪い。たとえば弾切れの時など、どうしようもない隙を晒《さら》すことだってある。

鬼としてそれでは致命的だ。だから、彩乃は二の矢を彼女に用意していた。

「……いやっ」

横倉が二丁目の銃――デリンジャーと名付けられた小型拳銃をポケットから取り出して構える。

その時にはもう、旗野から流れ出る血液は、服を真っ赤に染め上げただけでは飽き足らず、彼女の足元に丸い血だまりを作るまでになっていた。

かしゃんっと、旗野の手から滑り落ちた拳銃が音を立てる。もう、立っている力もなくなったのだろう。

「やめて、よ……咲季ぃ……」

旗野は自らが作った血だまりの上に膝をつくと、僕を脅しつけてきた時とは比べ物にならないほどか細い声で救いを求める。先ほどまでの嘲りに満ちた旗野の姿は、既に亡《な》い。

あまりにもあっけない終わり方。

「アタシを殺そうとしたのに、自分は嫌なんだ」

「……当たり前でしょぉ。私、死にたくない……」

旗野は片手で傷口を押さえ、もう片方の血に塗れた手を横倉へ伸ばす。

いきなり多治比を死の淵《ふち》にまで蹴り落とし、自分が助かるために横倉をいいように利用しようとした結果が自分に返ってきただけ。

それでも、旗野は自らの業《ごう》を受け入れたくないようだった。

「なんとかしてぇ……」

旗野は目に涙を浮かべて懇願する。それが横倉に受け入れてもらえないと知ると、今度は僕へ目線を移して命乞いを始めた。

だが、撃たれたのは腹部。内臓という生命維持のために必要不可欠な器官が壊れてしまった。神ならぬ身の僕にはどうすることもできない。

「満……」

横倉は旗野の名前を呟くと、右手に持っていたデリンジャーの銃口を旗野の額に押しつける。

「いや……いや……」

旗野は青白くなった顔を微かに振って、生きたいという意思を示す。

しかし横倉は、旗野にトドメを刺す——殺すつもりだった。

「横倉さんっ」

気付いたら僕は彼女の名前を叫んでいた。彼女の背中から泣き出したくてたまらないと、そんな感情が溢れ出ている気がしてならなかったからだ。

「……やめようよ。命を守るために反撃するのと、殺そうと思って殺すのは、違うよ」

僕の言葉は全てを上滑りしていく。

意味のない正論。

無駄でしかない建前。

今この時において、役に立つことは一切ない。

「……蒼樹、教えといてやる」

「ま——っ」

横倉にためらいはあったのだろうか。

僕が止めたのにもかかわらず、彼女はほとんど間を置かずに引き金を引き、旗野の命を奪ってしまった。

銃声がしてから一拍を置いて、旗野の体が仰向けに倒れ、血飛沫を飛ばす。硝煙がまっすぐ天へと向けて立ち上り、それがまるで旗野の体から魂が抜け出て天に昇っていったかのように見えた。

「クズはどこまで行ってもクズなんだよ」

「…………」

「期待なんかするな」

それは、旗野のことを言っているのだろうか。

それとも横倉自身のことなのだろうか。

横倉はきっと自分のことだと言いたいのだろうが、僕は前者だと思いたかった。だって、横倉が容赦なく引き金を引いた理由は、間違いなく僕たちを助けるためだったから。

「……するよ」

「……うるせぇ」

最初に僕と多治比が横倉を拘束した時、彼女の片手は空いていた。やろうと思えば隠し持っていた銃で僕たちを撃ち殺すことだってできたはず。それでも横倉はそれをしなかった。

そんな彼女は本当にクズなんだろうか。

「ねえ、横倉さん」

「…………」

横倉は舌打ちしながら旗野が落とした拳銃を拾い上げ、拳銃とデリンジャーの弾を詰めると、「じゃあな」とだけ言い残し、一切こっちを向かないままこの場から去ろうとする。

「待って！」

僕の投げかけた声は、しかし横倉の速度を緩めることすらできなかった。横倉が角を曲がり、僕の視界から姿を消す。多分、僕がなんと言っても彼女は僕のことを無視しただろう。

でも。

だけど。

一瞬だけ無表情という仮面の下から垣間《かいま》見えた彼女の横顔は、なんであんなに泣きそうだったのだろう。

分かってる。

分かってた。

横倉は、もう――。

『は～い、ターゲット一人目の撃破を確認！　残りの連中もきちんと殺せるかな～？』

「…………」

彩乃がそうやって無理に明るく振る舞っているのはもう分かった。それでも今はその言葉が耳障りに思えてならなかった。

「まだやらなきゃいけないんですか、彩乃さんっ。あなたもこんなことやりたいわけじゃないんでしょう？　ならやめましょうよ！」

僕は起き上がると、廊下の端に仕掛けられた監視カメラの元まで駆け寄って叫ぶ。

『私の気持ちを勝手に決めないでくれるかな。私は今すぐ君たちの首輪を爆発させせたくってたまらないんだけど』

「本当にそうなんですか？　本当に僕たちを殺したいんですか？　なら殺せばいいじゃないですか」

僕は、制服から着替えた時も捨てずに持っていたものを、体操ズボンのポケットから取り出して監視カメラの方へ向ける。

「こんなことせずに」

そのカードは第一のゲームで使われたもので、もう持っていてもなんの意味もないただの紙切れだ。

だがこのカードは、僕の制服のポケットから見つかった。彩乃によって仕掛けられたものだった。

おそらく、僕が死なないように。

「なんでヒントもくれたんですか？　僕を殺さないようにするためなんでしょう⁉」

『それはそう。空也クンをあの時点で死なせたくなかった。でもそれには理由があるの』

理由と聞いて、僕はあのことを思い出してしまう。

あれは間違いなく、彼女の……古賀優乃の背中を押してしまった行為だ。

僕はやはり、裁かれるのが正しい。

『そうね……。空也クンやそこで死にかけてる偽善者クンは、あなたたちのクラスの中ではマシな方』

「えっと……」

『そんなあなたたちなら、きっと何か行動を起こしてくれるはず。それで自分の罪を理解してくれる人がいたらっていうだけ。今のところは、まあ、少しだけ成功ってところかな』

彩乃はきっと、罪を自覚しないまま僕たちを殺したくないのだ。

この世界では責任能力がないことを理由に、無罪になることがまま存在する。そしていじめで人を自殺に追いやったのにもかかわらず、僕たちが罰を受けていないのは、法律上ではまだ子どもで、大人から守られたという理由もあった。僕たちはそういう意味で、罪を自覚していない。

だから彩乃は考えたのだろう。

罪を知らなければ裁けない。ならば、きちんと自分の罪を分からせてから殺してやる、と。

「……誰か一人でも、許して……見逃してはくれないんですか？」

自分の罪を理解して、反省する人だっているはずだ。たとえば多治比。彼は間違いなく優乃の自殺した日から正義感が強くなった。このゲームに参加してさらにその傾向が強くなってきたように思う。

それから多分、横倉も。

彼女も山岸に嬲《なぶ》られ、みんなから孤立して、少しだけ優乃の気持ちを理解したんじゃないかと思う。せめて彼らだけはって……。

『君たちは優乃にやめてって言われて、やめた？』

やめなかった。

だから彼女は自殺をしてしまった。

「……そうですね」

間違いなく、彩乃は僕たち全員を殺すつもりなのだろう。

僕は……それを受け入れることが正しいと感じていたけれど、同時に相反する想いも抱いていた。

休憩時間（二）――横倉咲季

大丈夫。アタシはきちんとやれた。離れるまで顔に出さずにいられたはずだ。

何度も何度もそう心の中で呟きながら、アタシは階段を上がっていく。理由は一人になるため、震えの止まらない手を使えるように戻すためだ。

怖い。

怖くてたまらない。

以前はあれほどぶっ殺すと簡単に言っていたのに、さっき初めてその意味を知って、その言葉の重さを嫌というほど思い知った。人を殺すのが、こんなに最低な気分になるなんて知らなかった。

つい昨日までつるんでた旗野をアタシは――。

先ほどからざわめきが収まらない胸を押さえて三階までゆっくりと上がる。そこから一番奥の視聴覚室に入って扉を閉めた。念のために辺りを見回して誰もいないことを確認し――短く鋭い息を吐く。そして音を立てて空気を吸い込み、また同じように吐く。呼吸が上がるようなことなどしていないのに、不思議と体が新鮮な空気を欲していた。

「過呼吸とか、だっさ……」

蒼樹たちと一緒にいた時はそんなことになっていなかったのに、一人になったことを自覚した途端にコレとは……。相当精神がまいっていたのか。

閉じたばかりの扉に背中を預け、口元を手で押さえて根性で呼吸を我慢する。しばらくそうしていたら、なんとか体の調子は戻ってきた。

アタシは背中へと手を回し、服をめくってそこに取り付けておいたポーチを探り、通信機を取り出す。

ポーチも銃も、通信機も、予備の弾薬も。全てシャワールームに用意されていた代物だ。

おそらくは第二のゲームで犠牲者になった一人が、クラス全員に対して深い恨みを持つことと、体中が汚物で穢《けが》れることは想定済みだったのだろう。

ああ、確かにアタシはクラスメイトほぼ全員を殺してやりたいと思ったし、実際に実行しようとした。

まったく、こんな悪趣味な展開をよく考えついたものだ。

……でも、それだけでアタシに人殺しができたのだろうか。

アタシを見捨てて平気で笑っている連中が、憎くて憎くて仕方なかった。見捨てた上にさらにいたぶってくる連中は、絶対に殺してやると心に誓った。しかし、実際に殺せるだけの力を手に入れて、そいつらを前にしたら……引き金はとても重く、アタシはどうしても殺すことができなかったのだ。

そうしてためらっているうちに多治比がやってきて説得を始め、蒼樹なんかはアタシを止めるための仕掛けまで用意していた。クラスの女子たちが逃げ出した時は、正直な話、少しほっとしてしまったくらいだ。

でも結局、アタシは人を殺した。

アタシが殺されると思ったのもある。

旗野がクズすぎて、コイツなら死んでもいいや、なんて旗野以上にクズなことを考えたのもある。でもそれ以上に、旗野に拳銃を持たせていたら、もっといろんな奴が殺されるんじゃないかと思ったら——その中に多治比や蒼樹が入るんじゃないかと思ったら、あれほど重かったデリンジャーの引き金は、驚くほど軽くなっていた。

「まあ、理由はどうあれアタシは人殺しのクズだけど……ね」

クズはどこまで行ってもクズでしかない。

だから、クズのことは同じクズがカタをつけなきゃいけないのだ。

そうじゃない奴らが関わってしまう前に。

「ねえ、聞くんだけどさ？」

通信機に話しかけ、待つこと数秒。ザッという耳障りな雑音のあとに、通信機は彩乃の声を吐き出した。

『何か用？　クソ女ちゃん』

「アタシをその呼び方で呼ぶな」

『やだ。アンタたちの名前なんて覚えたくもない』

……まあ、その言い分は仕方ないか。

逆の立場だったらこいつの気持ちも分かる。

分かるようになってきた。

「本当にさ。アタシが標的の三人を殺したら、アタシと、アタシに協力した奴らを無事にここから出してくれるんだよね？」

それが鬼をやる条件。

だが同時に、このことを知られてしまうとこの報酬はふいになってしまう。標的の三人をクラス全員が差し出すことを危惧《きぐ》してのルールだと思われる。

もちろんこれだけではなく、鬼をしなければならない別の理由もあるのだけれど……。

『そうだけど？　それがどうかした？』

「……多治比の奴は協力者でいいよな？　アタシを庇ったんだからさ」

『まあ、そうかな。一応協力したと言えなくもない行動だし』

よし、これは想定内だ。

ここまではいい。だがここからが問題だ。

「蒼樹はどうなんだ？　一応、協力者の多治比を助けたよな？　これって協力者って言えるだろ？」

しかし、返ってきたのは私の願いを鼻で笑うような回答だった。

『いやいや。空也クンは流石に無理あるでしょ。むしろ邪魔しかしてないじゃん。銃を蹴っ飛ばすし、トドメを刺そうとしたら止めるしさぁ』

「そっか……」

予想通り、蒼樹は協力者と見なされず、アタシと一緒にこの地獄を脱出することはできなかった。それが仕方ないと分かっていても、少しだけ何か別の方法はないのか探してしまう。

結局、何も思い当たらなかったけれど。

『何？　空也クンが気になっちゃってるの？』

「ちげえよ」

それは嘘……というほど嘘でもない。話しかけてきてくれて、少しだけ心が軽くなったのは事実だ。温かいタオルまで持って帰ってくれたのは、涙が出そうになった。……いや、本当は少しだけ涙が滲んでしまっていた。

孤独じゃないと、一人じゃないと知れて、どれだけ安心したことか。心の中で、今までいじめてきて悪かったなって思わず謝ってしまったくらいだ。

それで、理解した。

アタシがどれだけ酷いことを古賀優乃にやってきたのか。こんな孤独感や絶望感を、長い時間味わわせ続けてきたのだ。その果てに死を選ぶのも当然のこと。そして、古賀彩乃がこれだけキレるのも当たり前のことだ。

なのに、山岸たちはまだそれに気づいていない。いや、あいつらは多分一生気付かないだろう。そういう奴らだ。頭のネジが何本も外れてしまっている、本気でイカレた連中なのだ。

「ああ……」

その連中と、アタシも同類。だって、まだ謝罪すら本気でしていない。

一応、親に強制されて優乃の祖母や祖父たちに頭を下げに行ったけれど、心の中では舌を出していた。アタシが悪いんじゃない、アイツが弱かっただけだと、ずっと思っていた。

「……あのさ」

彩乃に対して謝罪をしかけて、止まる。

その行動になんの意味があるというのだ。失われたものは絶対に返ってこない。今、この場での謝罪は自己満足でしかなかった。アタシにできることは、彩乃の殺意を形にして、行動で示すことだけ。

だから謝罪の代わりに別のことを口にした。

『何?』

「……………山岸は、どこにいる?」

ターゲットは優乃の遺書に名前を書き遺されていた連中だ。旗野が死んだ今、アタシ以外で生き残っているのは山岸と河野の二人。この二人は特に優乃を深く傷つけた奴らだ。彩乃としては絶対に生かしておきたくないだろう。

まあ、その理由に当て嵌めれば、アタシも殺したいんだろうけど。

『ああ、あの猿山のボスなら……』

「猿山、ね」

なんとも言い得て妙なあだ名だ。もしかしてクラス全員にそういうあだ名をつけているのだろうかといらないことまで気になってしまう。

『……美術室。何人かと立てこもって武器を作らせてる。殺されないように注意してね』

なるほど、美術室ならばナイフのようなものがたくさんあるし、武器を作り出せる道具もある。実に山岸らしい判断だった。

拳銃に勝てる武器など作れはしないだろうが、こちらは一人だ。殺されてしまう可能性も充分あるだろう。

「……美術室ってことは、北校舎に行けるの？　校舎が別じゃん？」

宮城原高等学校は、北校舎と南校舎の二つの建物で構成され、それらを一本の渡り廊下が繋いでいる。真上から見れば、ちょうどアルファベットのHになるような形だ。

南校舎を主に生徒たちが使い、北校舎は教員室や校長室、特殊な実験器具を用いる化学室などに使われていた。

『渡り廊下はセーフ。というか、扉を固定してないから行き来は自由』

「あっそ、それで――」

それから二、三やり取りを続けて情報を集める。

彩乃は山岸への殺意故か、色々なことを教えてくれた。

「最後に………」

最後の最後まであと回しにしてしまったこと。通信したのだって、それを確認したかったのかもしれないのに、結局アタシは……。

『何?』

「……なんでもない」

聞けなかった。

知りたかったのは、多治比や蒼樹がどうしているか。特に多治比は死んでいないかが知りたかった。心配する権利などないのかもしれないけど。

「……クズはクズらしい顔、しなきゃな」

左手で軽く拳を握り込んで頬にぶつける。気弱な顔は、きっと、消えたはずだ。

……蒼樹がきちんと手当をしているだろうから多分大丈夫だと自分を説得し、アタシは視聴覚室を出て歩き出した。

四時限目（後）——残り生徒数　21人

更衣室から一つ部屋を挟んだ教室に多治比を置き、保健室で必要なものを確保してから彼の元へ急いで戻る。傷口がそれ以上広がらないよう完全に固定してから布団へ寝かせ、体温を上げるために使い捨てカイロを張り付けた毛布で多治比を包む。処置をしている間中、多治比の顔は真っ青で、本当に彼の命を繋ぎとめられるのか心配でならなかった。

そうこうしているうちに、遠くから銃声や何かがぶつかり合う大きな物音が聞こえてくる。横倉が、山岸と殺し合っているのか。

本当は止めたかった。

だって横倉は、そんなこと望んでいないはずだから。憎しみがないってわけじゃないだろうけれど、殺すほどの大きさじゃない。彩乃の手によって殺さざるを得ない状況に追いやられているんだと思う。

でも、横倉を救う方法なんて何も思い浮かばなくて……。

「僕って、本当に何もできないんだな……」

第一のゲームで何かできるかもしれないって思ったけど……結局それ以降は無能なことを思い知らされただけだった。第二のゲームでは横倉が汚物の中から鍵を拾い上げる間、黙って見ていただけだったし、第三のゲームでは五人も殺された。

そして今、多治比は重傷を負って意識を失い、旗野は殺され、山岸と横倉はぶつかり合っている。山岸は何か変なことを考えているみたいだったから、多分死者は山岸一人になるなんてことはないだろう。

もしかしたら逆に横倉が殺されてしまうかもしれない。

怖かった。

痛かった。

辛かった。

悔しかった。

僕は体育座りをしたまま、自分の足と体を強く抱きしめる。

「ちくしょう……」

呟きが、誰にも届かないまま虚空《こくう》に紛《まぎ》れて消える。誰かに自分の意思を伝えるなんていう、誰でもやっている簡単なことすら満足にできないのかと、酷く荒《すさ》んだ気持ちになった。

「……うっ」

「多治比くんっ⁉」

僕は呻き声に反応し、四つん這いで多治比に近づいていく。そのままの状態で彼の顔を覗き込んでいると、薄《うっす》らとまぶたが開き、その隙間から黒い真珠のようなきらめきが、右に、左にさまよってから僕の方を向いた。

「良かった……目を覚ましたんだ……」

多治比の命が続くかどうかはまだ分からない。

しかし、急速に力を取り戻していく彼の瞳を見ていたら、彼が死ぬなんて杞憂《きゆう》なんじゃないかと思えてきた。

「……蒼樹、か？」

一気に五十歳くらい老け込んだのかと思うくらいしわがれた声で問いかけられる。それに何度も頷いて肯定すると、僕は一気に色々まくし立てた。

「多治比くんは、銃で撃たれて意識を失ってたんだよ。えっと、多分、痛みによるショックか出血性ショックじゃないかと思うんだ。本で読んだことが——そうだ」

僕は彼の枕元に置いてあったペットボトルを手に取ると、音を立ててキャップを捻る。

「経口補水液が保健室にあったんだ。これ、ゆっくり飲んで」

出血で血液量が少なくなったのなら、脱水状態になっている。輸血などで補えない以上、口から追加するしかないと考えたのだ。

もっとも、消化・吸収するために内臓に血が行ってしまえばまた危険なことになるかもしれない。少しずつ飲ませないと駄目そうだ。

「あっ、それと——」

上半身に血液を集めるべく足を上げておいた方が良いのかなと思い至り、急いで足の下に何かものを敷こうとして、しかし手に開栓済みのペットボトルを持っていたことを思い出し、慌てて床に置こうとして飲ませる途中だったことに気付き――。

「落ち着けよ、蒼樹。……お前じゃなくて、俺が怪我してる……んだからな」

「あっ……と、ごめん」

怪我をしている多治比の方が冷静で、まったく無傷の僕の方が諭されてしまうなんて、立場が完全に逆転してしまっていた。苦笑する多治比に頭を下げてから、冷静になれ冷静になれと頭の中で唱えつつ状況を整理する。

まずやるべきことは……。

「すまん、体を起こすのを手伝ってもらっていいか？」

「あ、うん」

左肘《ひじ》を体にぴったりと押しつけ、包帯でしっかりと固定しているため、多治比は自力で起き上がることが難しい。

僕はペットボトルを床に置いたあと、多治比の右肩に手を回し、左手を腰に添えてゆっくりと体を持ち上げる。

「ぐっ……うっ……」

「ごめんっ」

「いや、続けてくれ」

ほんの少し動くだけでも激しく痛むに違いない。多治比は片目をつぶって渋面《じゅうめん》を作り、歯を食いしばって痛みを堪えながら体を起こした。

「これ」

僕は手を伸ばして開けたばかりのペットボトルを彼の眼前に差し出す。

「ゆっくり、少しずつ飲んで」

「ああ」

だが多治比はペットボトルを受け取ろうとはしなかった。

もしかしてまだ痛くて飲めないとか？　それとも右手を動かすのも辛いとか？　だったら口元に運んで飲ませてあげた方がいいのかな？

そんな考えが頭を駆け巡る。

結局、戸惑いつつも「飲むの手伝った方がいいかな？」なんて聞いてしまった。

「……ふはっ。蒼樹は俺の母親より心配性だな」

「ご、ごめん」

「謝る必要はないさ。だいたいこの処置をしてくれたのは蒼樹なんだろう？　だったら蒼樹は俺の命の恩人なんだから、そんなにへりくだることはないぞ」

だいぶ意識がはっきりしてきたのか、多治比の口調も滑《なめ》らかになってくる。心なしか、顔も赤みが差してきたように見えた。

「いや、それは……その前に多治比くんが助けてくれたから、だし……」

「助け――？　っ――‼」

僕の言葉を聞いた多治比が息を呑む。

先ほどまで意識を失っていたため、認識が曖昧《あいまい》だったようだが、今の一言で自分の置かれていた状況を思い出したのだろう。しかし、どれだけ心が勢い込んでも体がついてこられないようで、僕の方を向こうとして苦悶の声を上げる。

「まず、飲んで。飲んでる間に説明するから」

正義感が、暴走したとも言えるほど強くなってしまった多治比に、今現在起こっていることをそのまま伝えればどういう行動に出るか。想像するのは容易《たやす》い。しかし、多治比の望む通りの行動をさせてしまっては、彼自身がどうなってしまうのか分かったものではなかった。

「血がたくさん出たから、多治比くんの体は水分を必要としてるんだよ。お願いだから飲んで」

僕は多治比の人が好さそうな瞳をまっすぐ見て、それが交換条件とばかりにペットボトルを押しつける。彼は一瞬呆気にとられたような表情をしながら僕の顔、手の中のペットボトルと見て、もう一度僕の顔を見た。

「……なんて言うか、ちょっと失礼だけど、蒼樹がこんなに強引だとは思わなかった」

普段の僕は山岸たちにアゴで使われ、教室では空気扱いだ。確かにそんな僕が、クラスの中でも最上位の存在である多治比にここまで強気で出られたことは、自分でも信じられなかった。

「ご、ごめん」

「いや、謝る必要はない。これからもそうするべきだと思うぞ」

「……うん、ありがとう」

「こっちの台詞《せりふ》だ」

そう言うと、多治比は補水液を不味《まず》そうに飲み下し始める。

僕も、約束通りにあのあと起こったこと――横倉が旗野を殺したこと、そして他のターゲット――おそらく山岸を殺しに行ったことを包み隠さず伝え、そして、横倉が見せた最後の表情のことも添えておいた。

「なるほど……つまり、止めないと――つっ」

僕の話が終わった途端、多治比はみんなを止めるために立ち上がろうとして、痛みに呻き声を上げる。

「無理だよ！　さっきまで意識がなかったんだよ。せめて今飲んだ水分が吸収されてからじゃないと……」

「それ、何分ぐらいかかるんだ？」

「えっと……二、三十分ぐらい？」

専門書で調べたわけではないので適当な数字を述べておく。

「その頃には終わってるだろ。待っていられない」

「それは……」

終わっている。

多治比のことだから、ゲームの全てがという意味ではないだろう。誰か一人でも死んでしまうことが、彼にとっての終わりなのだ。

「俺はやめさせたいんだ、こんなこと。蒼樹だってそうだろ？」

僕はどうするべきなのだろうかとまた迷ってしまう。

僕だって誰かを助けたい。その気持ちは理解できるけれど、現実的には不可能に近いのだ。

横倉は銃を持っているし、何か理由があって殺しをしなければならない事態に追い込まれている。彩乃の仕掛けに踊らされ、誘導されている以上、口で言って止められるものじゃない。いや、少し前ならば止められたかもしれないが、旗野を殺してしまった今の横倉は無理だ。

もう止まれなくなっている。

「頼む、蒼樹。俺を手伝ってくれ」

「………」

「この状況で、俺はお前のことを一番信頼してる。なんだかんだでお前は色々やってくれたじゃないか！　誰かが傷ついて死ぬことは、絶対間違っている。そうだろ？」

無事な右腕一本で僕に縋りついてくる。自分一人で立つこともできないのに、それでも誰かの命を必死に守ろうとしていた。

それが、僕にはとても眩《まぶ》しくて——。

「……分かったよ」

思わず、頷いていた。

何も分からなくて、何も自分で決められない僕だけど、誰かを助けたくないって思っているわけじゃない。

傷つくのは嫌だ。

死ぬのはもっと嫌だ。

だから、誰かがそれを感じてしまうことが、とっても嫌だった。正しいか正しくないかは、僕には判断できないけれど、それだけは僕の中にある真実だった。

◇

頼み込んでくる多治比を拒み切れず、僕は彼に肩を貸して北校舎に行くことになった。銃声やものがぶつかる音がそちらの方角から聞こえてきていたからだ。

多治比は傷が痛んで相当に辛いのか、青白い額に玉のような脂汗《あぶらあせ》を浮かべ、一歩踏み出す度に顔を歪める。それでも歩みを止めないのは、彼の正しくあろうとする強い意志がそうさせているのだろう。

渡り廊下を歩いている途中、どうやら音の出どころは美術室らしいと分かった。

そしてやっとの思いで僕らは美術室の前にまでやってきたのだが……。

「……終わったのかな」

先ほどまでひっきりなしに聞こえていた何かがぶつかり合うような物音や怒鳴り声や銃声

は、もう完全に途絶えていた。

僕と同じ感想を抱いたのか、多治比は悲しげに眉をひそめる。

だが——まるで僕たちを誘《いざな》うかのように少しだけ開いていた扉の隙間から、赤茶色の物体が数本突き出てくる。僕の脳がそれは血で汚れた指だと認識する前に扉が勢い良く開かれ、中から一人の男子生徒がよろめき出てきた。

彼は、僕や多治比と一緒に食料を取りに行き、そして僕のせいで逃げ出せず死ななかった生徒で——同時に裏切り者として山岸に因縁《いんねん》をつけられていた杉山だ。

「ふざけろ！　そのまま死ね、山岸！　死んじまえ‼　クソッたれが‼」

杉山はそう美術室へ向かって吐き捨てると、よろめきながらもこちらへ向かって走り出してくる。すれ違いざまに彼と視線がぶつかるが、憎々しげに僕を睨んだあと、走り去ってしまった。

「蒼樹、今は——」

「う、うん」

そうだ、彼の死んじまえという言葉が正しいのなら、まだ終わってはいないはずだ。

僕と多治比は急いで美術室へと入り——。

「横倉、さん……」

死体らしきものがいくつも転がる美術室の中心で、大きく肩を上下させる横倉の姿を見つけた。

彼女の金髪と顔は返り血で赤黒く染まり、乱闘が原因か体操服はところどころが破れ、その狭間《はざま》から擦り傷や青あざが見え隠れしている。だが、それだけボロボロになりながらも、彼女はしっかりと自分の足で立っていた。

「山岸……」

多治比が教室の隅を見つめて呟く。

僕も視線を同じ方角へ向けると、そこには足から血を流して倒れている山岸の姿があった。いや、倒れているという表現はやや正確性に欠けるだろう。山岸は、まだ無事な手で床を掻きむしり、自身の血で前衛的なイラストを描きなぐりながら、横倉から少しでも距離を取ろうと必死に這いずっているのだ。

「——横倉、やめろっ」

多治比の鋭い警告で、ようやく僕らが美術室へと入ってきたことに気付いたのか、横倉は頭をほんの少しだけ傾けて、流し目でこちらを見やる。その瞳は、感情というものがごっそりと抜け落ちたかのように透明で、ガラス玉を思わせる無機質な光をたたえていた。

彼女は間違いなく、殺すことをためらっている。それでも山岸を殺すために、そして、それを邪魔する者を殺すために横倉自身の心を殺さざるを得なかったのだ。

「何？」

脳天から血と脳漿《のうしょう》をぶちまけて死んでいる女子生徒や、お腹を抱えて自らの作った血の池にうずくまっている男子生徒は、間違いなく横倉が彼女の意志で殺したはずだ。

今拳銃を持っているのは彼女一人なのだから。

また、頭の一部が変形してしまっている女子生徒も倒れている……。彼女はおそらく山岸がハンマーか何かで殺したのだろう。逃げ出したらどうなるか、と見せしめにでもしたのかもしれない。

「横倉……これ以上はダメだっ。人殺しなんて間違ってる」

「――――っ」

多治比の言葉が聞こえ、横倉の瞳に生気が戻る。しかし同時にどす黒い、別の感情までもが宿っていた。

ああそうだ。悪いことだなんて横倉だって分かり切っている。人殺しが間違った行いだなんて誰でも知っている。それでも人殺しを、せざるを得なかっただけ――。

「――偽善者が」

「偽善者でもいいっ！　人を殺すのは絶対に間違っている行為なんだっ！」

横倉は多治比の言葉を無視して慣れた手つきで拳銃に弾をこめ直す。

空薬莢《からやっきょう》が床を叩く金属音が鼓膜を引っ掻く。

そして準備を終えた横倉は――。

「蒼樹、来い」

僕らに銃を突きつけてきた。

「横倉……っ。頼む、もう終わりにしてくれ。誰も争わなければそれで次のゲームに進めるんだ」

　本当にそうだろうか。

　本当に終わるのだろうか。

　多治比の願いは馬の目の前に吊るされたニンジンのようなもので、走っても走っても決してそこにたどり着けないのではないだろうか。解決方法がないという未来を信じたくないから、盲目的《もうもくてき》に追い続けているだけなのかもしれない。

「来い」

　横倉は、多治比の願いを無視して僕にもう一度命令してくる。

　それはとても固く、威圧的で、逆らうことは許さないという意思が察せられた。

「ごめん、多治比くん。一人で立てる？」

「……ああ」

　僕にのしかかっていた物理的な重圧はゼロになったが、同時に奇妙な不安に襲われる。これはきっと、先ほどまで僕の行動を多治比が決めてくれていたからだろう。

　今、僕は一人。

　自分の行動に対する責任は、僕一人のものになるのだ。

「何、かな？」

　頼りない心を叱《しか》りつけつつ横倉の傍まで歩いていく。

「蒼樹。お前が殺せ」

すると、信じられないことに横倉から拳銃を手渡されてしまった。

それはただの金属の塊だと思い込むには重すぎる代物で、持っているだけで手が震えて落としてしまいそうになる。

「え──？」

「横倉、てめぇ……舐めたことしてんじゃねえぞ！」

首だけで振り向いた山岸が、血走った目で僕を睨みつけてくる。僕ならば恫喝《どうかつ》すれば助かると、そう思ったのかもしれない。

ああ、その通りだ。怒鳴り声だけで、山岸に殴られた痛みが、過去の恐怖が僕に襲いかかり、全身の筋肉が強張り、心は悲鳴を上げる。

「蒼樹ぃ……。ぶっ殺されたくなかったらその銃を持ってこい」

「そ、それは……」

「早くしろっ！」

この状況でそんな命令通るはずがない。普通に考えればそうだ。僕は指をちょっと曲げるだけで山岸を殺せる力を持っていて、一方山岸は足を怪我してまともに動くこともできないのだから。

だが、いじめられた僕は、いじめの加害者である山岸には一生逆らえる気がしなかった。

そのくらい、絶対の関係を刷り込まれてしまっているのだ。

そうやって心の底から怯え、何もできなくなっていた僕の肩に、そっと横倉の手が置かれる。

　――温かい。

　凍りついてしまった僕の体が、それだけで解かされてしまったのではないかと思うほどに。

「蒼樹、アンタは何をされてきた？　それで、何を望んだ？」

「……僕は……」

　不思議だ。問われていること、そしてその先にある答えは人としての禁忌《きんき》であるはずなのに、横倉の声はむしろそれとは真逆であるかのように感じられた。

「山岸を殺したいって、思わなか――」

「蒼樹、聞くなっ！」

　横倉の誘惑を、多治比の声が断ち切る。

「ざけてんじゃねえっ。お前は俺の命令に従ってりゃいいんだよ！」

　それに被せるように山岸が怒鳴り――。

「蒼樹、俺に銃を投げろ。俺は誰も殺さない！」

　多治比がさらに大声を上げてそれを打ち消した。

　誰も彼もが僕の名前を呼び、僕に何かを求めてくる。一つの行動を選べば他二つの行動を否定してしまう。

『ねえ、空也クン。面白いこと教えてあげよっか？』

　唐突に、彩乃の声が降ってきた。

『なんでクソ女ちゃんが君に殺させたがってるのか』

「アンタ、それはバレたら無効って……」

『私がルールだからいいの』

彩乃は横倉を適当にあしらって話を続ける。

『クソ女ちゃんがターゲット全員を殺すことに成功した時、それに協力した人は一緒に解放される。つまり～……』

その言葉は楽観的な口調とは裏腹に、この状況を決定的に変えてしまう力を持っていた。

『空也クンがその汚物を殺せば、君は生きてここを出られるかもしれないってこと』

「…………」

「ざっけんな!」

激昂した山岸が、手近にあったロッカーに掴まりながら立ち上がると、僕に向けて指を突きつける。

「蒼樹ごときが調子に乗ってんじゃねえ!　俺を殺す?　できるわけがねえだろうがっ‼」

『でも充分すぎるほど理由はあるよねぇ』

彩乃の言う通りだ。山岸からいじめられていた僕は、彼に対して恨みがある。さらには自分の命を守るというおまけつき。

僕が山岸を殺す動機としてはお釣りが来るほどだ。

「蒼樹、よすんだ。確かに魅力的な提案に聞こえるかもしれないが――」

『ああ、もちろんクソ女ちゃんの命を救った偽善者クンも一緒に脱出できるんだけど、理解してる？』

その一言で、多治比の体も凍りつく。

確かに先ほど彩乃は協力者が生きて出られると言った。横倉を庇って傷ついた多治比は、その資格が充分にある。

「俺が……？　そ、それはこのままでってことか？」

『何かしてほしいなら腕の一本でも切り落としてあげるけど？』

「いや…………ち、違う！　そういう話じゃない！」

生きてここを出られると聞いて、さしもの多治比でも心が揺らいでいるのかもしれない。

かくいう僕も、死んでもいいと思っていたはずなのに、銃を強く意識してしまっていた。

山岸をここで殺しておけば、僕は出ることができる。

今ここで、僕自身の手で山岸を殺さなければ、僕が解放されることはおそらくない。

「蒼樹、とにかくやめるんだ。誰であれ人を殺すのは間違ってる。このまま全員で次のゲームに移ろう」

「蒼樹ぃ……。分かってるよなぁ？」

「蒼樹、ダブルアクションってので撃鉄《げきてつ》を起こさなくても引き金を引くだけで撃てる」

三人が三人共、僕の名前を呼ぶ。

選択を迫る。

山岸の言うことを聞けば、この男は絶対に横倉を殺す。

横倉の言うことを聞けば、山岸は死ぬ。

多治比の言うことを聞けば、誰も死なないけど次のゲームでどうなるか分からない。

どうすればいいのか、誰を選べばいいのか――。

『さあ、どうする？　君は――』

ダレヲコロシタイ？

彩乃の言葉がやけにゆっくりと耳に染み込んでくる。それはまるで、命の危険にあってしまった時、全てがスローモーションに見えるという現象にも似ていた。

危機に陥っているのは僕の命ではないけれ――。

「――っ」

突然、一つの答えが僕の中にストンと落ちてくる。その答えは、まるでパズルにおける最後のピースのように、ぴったりとあるべき場所に収まった。

ああそうか。それが……それが僕のすべき選択――。

「横倉さん」

僕は両手で銃を包むように持つと……。

「返すよ」

横倉へと差し出した。

「……は？」

「俺の言うことが聞けねえのか、蒼樹ぃ!!」

考えてみれば、これは事件が始まって以来、初めて僕が自分の意志で決断したことかもしれない。それまでの僕は、ずっと流されて行動を決めてきた。

柴村が生きたがっていたからなんとなくカードを渡した。

横倉が堕《お》ちるのをただじっと見ていた。彼女が自分と同じ立場になったことを喜んですらいたかもしれない。

それから多治比に命じられて逃げ出す小野田たちを引き留めようとした。

横倉の邪魔をしたのも、美術室に来たのも、どちらも結局は多治比に頼まれただけ。

僕が決めたことなんて、何一つなかった。

「蒼樹っ！　分かっているのか？　横倉に返すってことは、山岸は殺されるんだぞ⁉」

分かっている。

でも——。

「多治比くんの考えは、少し間違ってるんじゃないかな」

僕は手の中の拳銃に視線を落とし、その根拠をぽつぽつと呟いていく。

「本当に多治比くんの言う通りにすると、誰も死なないのかな？」

「……何が言いたいんだ？」

「このゲームさ、協力すれば誰も死なない。そうだったよね」

「ああ」

第一のゲームがみんなでカードを見せ合えば、第三のゲームはみんなで帰ってくれれば、誰も死なずに済んだ。

だから僕たちは人道にもとる正しい選択をすれば死なないと、そう思っていた。

「その前提が間違ってるかもしれないってこと。協力するんじゃなくて設定された正解を選べば死なないだけで、そこから外れれば死ぬんじゃないかな。つまり――」

横倉は三人のターゲットを自らの手で殺すことが生存への道で、そこから外れると死んでしまうのではないだろうか。

しかもこれは、僕らに話してはいけないこと。

だから横倉は積極的にターゲットを殺して回らざるを得なかった。

だから「事情も知らずに」と口を滑らせてしまった。

そして最後の最後になって……僕がこのゲームから脱出する道を示してくれた。

自分自身を犠牲にして。彼女は罪と向き合い、死という罰を選んだ。

そう仮定すると、全てに納得が行くのだ。

「横倉さん。僕はこの銃を返すのが正しいと思う」

『いいの？　そこの生ゴミを、クソ女ちゃんが殺すことに繋がると思うんだけど。それって逃げだよね？』

彩乃の指摘はとても痛いところを突いている。

確かにそうだ。

先ほどの建前だけじゃなく、僕はそういう意味でも怖気《おじけ》づいている。人を殺すという嫌な役を、横倉に押しつけているんだ。

「そう、なります。でも、罰に……なるのか分からないけど、僕はここに残るから……」

横倉が山岸を殺し、多治比と一緒に生還する。それが一番の選択だと思った。

『馬鹿みたい』

「ごめん」と、声に出さず口の動きだけで横倉に謝罪する。

そんな僕を、横倉は冷たい目でじっと見つめていた。

「……はっ」

それは嘲りだったのだろうか。

横倉は声に出してため息をつくと、乱暴に僕の手から銃を奪い返す。

「アタシは元からお前に期待してなかったよ」

「ごめん」

突き放すような言い方だが、僕にはなんとなく彼女の優しさが伝わってくるような気がした。

「蒼樹、てめえ……分かってんだろうな。あとで殺す。ぜってぇ殺す」

「山岸。アンタ今から死ぬのに頭沸いてんの？」

山岸は血を流しすぎているせいか、額には脂汗が浮かび、その顔色は幽鬼《ゆうき》のように青い。

もう、立っているのもやっとのようで、スチール製のロッカーを後ろ手に抱きしめるようにして、なんとか体を支えている。

しかしそれでも目だけは異様なまでにぎらつかせ、歯を剥《む》いて僕たちを威嚇する。どんな時でも、誰にも自分は屈しないとでも思っているのだろう。その性格が災《わざわ》いして今の事態になっているというのに、死ぬ直前になっても曲げないのはある意味で称賛に値するかもしれない。

「横……倉」

多治比が途中まで言いかけた言葉を奥歯で噛み潰す。

彼が山岸の殺害を止めることは、イコール横倉を殺すことだ。正しさを求める彼に答えを出すことは不可能だろう。命の価値は等しいのだから。

横倉は多治比を一瞥《いちべつ》し、拳銃を両手で構えた。

「……最期の言葉とか聞いてあげようか？」

「死ね」

返答は悪意。

それに対する答えは——銃弾でなされた。

一息に撃ち放たれた弾丸は二発。

一発目は山岸が瞬間的に体を捻ったため、目標を見失い、山岸の背後にあったロッカーに無意味な穴を開ける。

二発目は逃げそこなった腕を貫通し、一発目と同じようにロッカーの扉を食い破っていく。

結果、山岸はなすすべなく床へと倒れ伏した。流石にもう動くことはできないだろう。

なんのことはない。横倉が次を撃てばいいだけだ。彼女は銃を下へ向けて——。

「え？」

僕の視界の端に、パンッという破裂音と共に真っ赤な花が咲いた。

「横倉……さん？」

信じられないという顔で、彼女は自らの喉元に手をやり——そこからボタボタと肉片と血液を零す。

横倉の首に装着された爆弾が、破裂していた。

——何故？

『あはははははは！　言ったじゃん、馬鹿だって！　あはははははは！』

この結果を予測していたのか、彩乃が声を上げて嗤う。

嗤われているのは——僕。

『馬鹿だよねぇ、空也クンは。本当に馬鹿だよねぇ。君はなんでも見切ったつもりでいたのかな？　クソ女ちゃんの想いを見抜いた時点でそれが全てだって考えちゃったのかな？　残念、大外れ。生き延びるためにもがいていた人間が、もう一人いるんだよ！』

もう一人——山岸？

この男が何かを仕掛けたというのか？

『君は結局、悲劇のヒロインぶって全てから逃げてただけ。逃げるのにそれらしい理由をつけてただけなんだよ！　お前は何もしていない、何も決めてなんかいない！　ずっと誰かに寄生して、判断を委《ゆだ》ねていたんだ！』

「――――っ」

そうだ。

僕はいじめから逃げるために、いろんな逃げ道を必死に考えてきただけ。

最初に彩乃に謝ったのも、そうすれば許してもらえるかもしれないと考えたから。

カードを譲ったのも。横倉が犠牲になっている間に声を上げなかったのも。搬入口で逃げずに多治比の判断に従ったのも。横倉を気遣ったのも。そして、今も。

僕は最初から無意識に、選択をし続けていた。逃避という選択を。

『もし優乃が歯向かう選択をしたとして、お前はそれに協力したのか？　優乃に味方して、その生ゴミどもを一緒に殺してくれたのか？　するはずないよなぁ！』

全部全部全部、逃げるため――――。

『徹頭徹尾《てっとうてつび》かわいそうな自分を演じて、関係ないと決め込んで、見て見ぬふりをして、傷ついていく人を見捨てた！』

そして今、僕が逃げたせいで――――。

『優乃にしたように！』

横倉が――――。

『結局お前も他の連中と同じくクズなんだよ！』

死ぬ。

◇

「はっ、ざまあみやがれ」

山岸にとっては悪意こそが原動力。自身も深い傷を負ったというのに、それでも悪態をつき、横倉を、僕を嘲笑う。

先ほどまで山岸が寄りかかっていたロッカーから、ジワリと血が広がっていく。

おそらく協力させられていた連中の人質として、山岸がロッカーの中に誰かを閉じ込めていたのだ。

それを横倉が意図せずして殺してしまった。いや、山岸がそうするように仕向けた。

そしてターゲット以外の生徒を三人も殺した横倉は、ルール通りに殺されてしまったのだ。

僕は崩れ落ちる横倉の体を抱きとめると、首輪の破片を抜き取って投げ捨て、傷口に手を当てる。こんなことをしても無駄だ。そんなことは分かっている。気道を破られ、大切な血管を損傷して、人間が生きていられるわけがない。

「ごめんっ、ごめん……！　僕が……僕が気付けていればっ……」

横倉を救えたかもしれないのに。

だが、僕は考えることをやめた。僕が勝手に思い描いた、理想の絵に逃避してしまった。

これは、僕が嫌なことから逃げた報いだ。その報いは僕ではなく横倉が受けてしまった。

彩乃の言う通り、僕は――卑怯者のクズだ。

「かっ……くっ……」

横倉の口から漏れるのは、もう、言葉ではない。ただの音。

だが、唇だけが微かな動きで彼女の遺志を紡ぐ。

――もっとはやくにきづけばよかった。

今際《いまわ》の際《きわ》に彼女から語られたのは、後悔。何に気付いたのか、何をしようとしていたのか……それが彼女の口から語られるよりも先に、命の灯が――消えた。

「ああああぁぁぁぁぁぁぁっ‼」

横倉はもう反省していたのに！

痛みを理解していたのに！

いじめたことを後悔して、違う道を進もうとしていたのに！

死んでしまった。

終わってしまった。

全部、無駄になってしまった。

「なんで！　なんで！」

『優乃を苦しめて殺したからに決まってるでしょう』

心臓にナイフを刺し込まれたかと思うほどの疼《うず》きが僕を襲う。どっどっという鼓動の音が鼓膜を打ち鳴らし、脳髄《のうずい》に焼けた鉄棒でも突っ込まれたのかと思うほど、灼熱の衝動が湧き上がる。

激情に身を任せた僕は、美術室に取り付けられたスピーカーを思い切り睨みつけて怒鳴る。

「それでも反省してた！　後悔もしていた！　変わろうと思ってた！」

それを僕も踏みにじってしまった。

この感情は八つ当たりだと理解している。責任を逃れたいという考えが、間違いなく根底にある。

それでも、それだけじゃ……ない！

僕は横倉なら信じ合える関係になれると思っていたから――。

『なら今すぐ優乃を返せ！　あの娘《こ》はもう帰ってこない！　終わった！　そいつらに終わらされたんだよ！　なのに終わらせた奴らは許されてのうのうと生きてられる？　ふざけるな！　ふざけるな‼　お前たちにそんな権利はない！　優乃を殺した時に、お前たちの権利も消えたんだ‼』

反論しようと僕は息を吸い込み――。

『それ以上何か言えば殺す。ゲームなんか関係ない。あの娘を否定する全てを、私は否定し返すと誓った。絶対に、許さない』

分かっている。

分かっていた。

何よりも大切な存在を奪われてしまった人に、許してくれと、見逃してくれなんて言うのは虫が良すぎる。

その通りだ。

その通りのことをしたんだ。

してしまったんだ。

ぶつけどころを失った激情は、僕の心を焦がしただけでは飽き足らず、その行き場を求めて僕の中で渦《うず》を巻く。

僕は——僕も——。

「うるせぇんだよ」

そこに悪意の塊が、割って入る。

「終わったことだろうが。一度謝罪もしてやった。警察は終わったと判断したし、先公どもも反省したらいいって言ってたろ」

どこまでも、どこまでも腐った山岸の言葉。

優乃は確かに自殺をしたのかもしれないが、間違いなくその命を奪った一番の原因はコイツだ。自分の行いで人の命を奪ったというのに、山岸はあまりにも自覚が足りなかった。

そうだ。

いつもそうだ。

いじめる側は、いじめられる側のことなんて気にもしていない。謝罪なんて形だけで、反省だって絶対にしていない。だからこんなに簡単に、横倉の、誰かの命を奪えるんだ。

「大体俺らは少年ほ――」

「お前が言うなぁっ‼」

僕は横倉の手から拳銃をもぎ取ると、それを山岸に突きつける。

僕は、初めて山岸に逆らって、初めて本気で人を殺そうと思った。

殺意を、抱いた。

「お前が言うな！　お前だけは言っちゃいけない言葉だ！　反省もしてないくせに！　お前は周りのみんなを傷つけて殺す！　命を奪う！　無駄に犠牲だけ振り撒《ま》いて……迷惑なんだよ！」

山岸は、自分一人が助かるために、三人もの命を生贄にしたのだ。しかも美術室に転がっている頭がひしゃげた女子生徒を見れば分かる通り、山岸は自分の手で一人殺している。

許せるはずがなかった。

コイツさえいなければ、悲劇は小さくて済んだのに。

もしかしたら古賀優乃も死なずに済んだかもしれないのに。

先ほどまで行き場を失っていた感情が、歓喜を上げて山岸に向かう。

もう、僕は自分が止められなかった。

「お前は死なきゃいけない。お前こそ死ぬべきだ！　死ね！　死ね‼」

拳銃を握る手がブルブルと震えて狙いが定まらない。

涙がカーテンのように降りてきて視界を閉ざす。

殺さなきゃいけないのに。

コイツだけは、コイツだけは……！

「お前……がぁ！」

両手で拳銃を保持して構え直し、引き金に指をかける。あとは引き絞れば拳銃から飛び出した弾が山岸を殺す。

たったそれだけ。

それだけ、なのに――。

「――くそっ……くそぉっ……」

指がまるで鉄の棒にでもなってしまったかのように曲がらない。動かない。どれだけ頭の中で山岸を殺せと命じても、指を曲げるという赤ん坊でもできるようなことが、どうしてもできなかった。

「蒼樹ぃ……。随分舐めた口ききやがったなぁ」

「うるさいっ！」

「てめえがうるせえんだよっ！」

涙で曇った視界の中心に、全てを嘲笑うような山岸の顔がはっきりと浮かび上がる。

怖かった。でもそれ以上の怒りが僕を突き動かしている……はずなのに……。

僕には、山岸を殺すことができなかった。

拳銃を構えたままカタカタと全身を震わせるだけ。無意味で、無価値で……自分で自分の意志を通しきることすらできない弱虫。

それが僕。

「蒼樹」

涼やかな風が舞い込んできたのかと錯覚してしまうほど、柔らかい声が僕の名前を呼ぶ。

その声の主は、僕の手からやんわりと拳銃を奪うと――。

「やめろ」

そう言った。

僕はそれを受け入れちゃいけないのに……殺さなきゃいけないのに。

でも現実は違う。僕に人は殺せない。

それを分かっていても、せめて拳銃を取り返そうと涙を拭って――。

「俺がやる」

パンッと、乾いた破裂音が響いて山岸の腹部に黒い穴が開いた。

「あ?」

まさか正義感の塊である彼が、容赦なく自分を殺しにかかるとは思っていなかったのだろう。山岸は間抜けとも思えるほど呆然とした顔で自身の腹部にできた穴を見下ろす。

そこにもう一発、今度は眉間《みけん》を銃弾が貫いて、あまりにもあっけなく山岸は絶命した。

「間違ってたよ。何を言っても無駄な奴っているんだな」

僕から銃を奪った存在——多治比は、今人の命を奪ったばかりだというのに、酷く落ち着いた様子で告げる。彼の顔は、まるで憑き物が落ちたかのように晴れやかだった。

「全員を無理に助けようとして、本当に助ける価値のある奴を死なせてしまうのは、本末転倒だってようやく気付いたよ」

「あ——あ、あのっ……」

あまりの衝撃で、言葉が出てこなかったけれど、無理やり絞り出す。

「で、でもそれは僕が……」

僕が殺さなきゃいけなかったのに。横倉を死に追いやってしまった僕が。

また、僕は嫌なことから逃げて、それを他人に押しつけてしまった。

「気にするな。俺が殺したかったんだ」

「で、でも……」

「蒼樹、俺はお前の行動が逃げとは思わない。生きるための可能性を、横倉自身に手渡した。それは横倉にとって充分助けになったはずだ」

「…………」

慰めかもしれないけど、そう言われて少し心が軽くなったのは事実だった。

『……ご苦労様、偽善者クン。今回だけはお礼を言わせて。ありがとう。つい私が殺してしまうところだったから』

山岸が反省など欠片もしていないことは、傍から見ていてもよく分かった。だがああも露骨な態度を取られては、彩乃も怒りを禁じ得なかったのだろう。

もし多治比が殺していなければ、きっと今頃山岸の首輪を爆破するリモコンに手をかけていたに違いない。

「そうか。なら何かご褒美があってもいいんじゃないか?」

『ご褒美……そうねぇ、じゃあいいこと教えてあげる。次のゲームまで間があるから女王ちゃんに会ってきなさい』

「女王……詩織か」

『名前はどうでもいい。覚えたくないから』

河野詩織は彩乃にとっては優乃を死に追いやった憎むべき相手だ。それなのに、やけに面白がるようなこの態度はなんだろうか。

何か彼女たちに仕掛けているのだろうか。それとも……。

『あなたが彼女に会ってどうするのかとっても楽しみ。ね、偽善者クン』

◇

それから僕たちはせめてこれだけでもと、美術室の床に転がる死体をきちんと寝かせてあげた。女子四人と男子二人。旗野も入れれば、第四のゲームで七人もの命が失われたのだ。

残るクラスメイトの数は十五人。あといくつゲームがあるのか分からないが、クラスメイトの数は半分になってしまっていた。

「本当に、銃は置いていくの？」

ロッカーの中に横倉が持っていた拳銃とポーチを隠している多治比の背中に問いかける。

「ああ。今はゲームじゃないからな。それに逃げたみんなは……反省してると思いたい」

……反省していなかったら殺すの？　と聞きたかったが、今の多治比ならば簡単に肯定してしまいそうで怖かった。

だから代わりに別の質問をする。

「そういえば多治比くんって、河野さんと付き合ってたんだっけ？」

「まあ、きちんとそういうやり取りをしてたわけじゃないけど、そんな感じだな」

見栄えが良く、リーダー気質で周りに人が自然と集まってくる多治比と、やや性格がキツいが美人でスタイルもいい河野の二人は、それが必然であるかのようにペアとして周りからもてはやされていた。

傍から見ていてもお似合いの二人だったし、多治比も悪い気はしていなかったらしい。

だから多治比は……そんな関係が壊れるのが嫌で、古賀優乃に嫌味を言う女子、とりわけ河野には積極的に注意しなかった。河野もまた、多治比の前で古賀優乃をいじめることはなかった。

そういった事情もあり、多治比は古賀優乃へのいじめの深刻さに気付いていなかったようだ。気付いていたらもしかしたら――なんて、そんな妄想に意味はない。

「そうなんだ……」

僕は多治比の返答に曖昧に頷くと、ポケットに手を突っ込んで硬い感触を確かめる。

そこにあるのは、横倉が持っていたデリンジャーだった。

気付いたのはだいぶあとだったが、横倉が最期の一瞬で僕のポケットに滑り込ませていたらしい。

死ぬ瞬間でも、他人のために何かしようと考えた彼女はきっと……。

「横倉は……今頃古賀に謝ってるかもな」

「だと、いいね」

二人して横倉や死んだみんなに手を合わせる。

ただし、僕も多治比も山岸だけには手を合わさなかった。

『はい、もういいでしょ。早く校長室に行きなさい』

「随分、急かすんだな」

『そうかもねぇ。あ、まだクソ女ちゃんが死んだことと第四のゲームが終わったことは言ってないからあなたたちも黙っててね』

「そこまでして見せたいものって、いったいなんなんだ?」

多治比の問いに、通信機から聞こえてきた彩乃の声が意地悪く答える。

『見てからの、お・た・の・し・み』

僕たちは顔を見合わせて頷き合うと、美術室をあとにした。

◇

美術室は北校舎三階の一番西側に位置している。

教員室および校長室は同じ校舎の一階。美術室から一つ教室を挟んでほぼ真下にあった。

随分と近いところに陣取ったのだなと思いつつ、階段を下りていき――。

「バリケード、か？」

横倉が殺しに来ることへの備えだろうか。廊下をほぼ完全に覆い隠すように学習机や椅子などが堆《うずたか》く積み上げられていた。隙間が空いてはいるものの、これを崩して中に入るのはかなり難儀するだろう。チビな僕なら四つん這いになって隙間に体をねじ込めば行けなくもないかもしれないが、大柄な上に怪我までしている多治比には絶対不可能だ。

「どうするの？」

「声をかければ出てくるだろうが……」

この先には彩乃が見せたい何かがある。存在を知られ、僕たちが校長室に入るよりも先に隠されてしまえば目的は達成できないだろう。

そうなれば彩乃がどういう行動に出るかは……想像もつかなかった。

「……それだとダメだよなぁ」

「だよね」

しかし、中に入るためには僕たち以外に人手が必要だ。どうするべきか考えあぐねて視線をさまよわせていたのだが……。

「あ、ちょっと待って。これ……」

バリケードの一番端が、やや乱暴にパイプ椅子を積み重ねているだけなことに気付く。

他のところはある程度きちんと組み合わせているのに、そこだけが何かやり直したばかりであるかのように粗雑な感じがした。

「ここからなら入れる――」

かも、と言おうとしたところでパイプ椅子が雪崩《なだれ》を打って崩れ落ちてしまう。

当然、ガラガラと耳障りな物音が校舎を震わすほど騒々しく轟《とどろ》いたのだった。

「蒼樹……」

「ご、ごめんなさい。でも僕は何もしてないよ⁉」

条件反射でつい謝罪と言い訳を口にしながら多治比の顔色を窺おうとして――息を呑んだ。

多治比は安堵とか悲しみとか悔しさとか、いろんな感情がないまぜになった表情を浮かべていた。

「そうか、偶然か」

「ご、ごめん……」

「何もやっていないのなら謝ることはないさ。俺は、なんで安心したんだろうな」

「………」

多治比の大切な人が、何か良からぬことをやらかしているかもしれない。

でも、僕が大きな音を立ててしまったことでそれを見なくて済むかもしれない。

だけどそんな考えが多治比自身の矜持《きょうじ》を曲げることになりかねなくて、矛盾する感情に押しつぶされそうになっていたのだ。

「彩乃さんが、僕たちに疑心暗鬼に陥ってほしいからブラフを言ってたのかもしれないよ」

なんて、僕自身ですら騙せない嘘をついて多治比を慰める。

「ブラフ。ブラフか……」

当然、そんな嘘で多治比が納得するはずもなかった。

バタバタと足音が聞こえてくる。

誰かが近づいてきているのだろう。

もうすぐ否が応にも答えが出る。

「——誰っ⁉」

椅子と机で作られたバリケードの隙間から、学校指定のジャージが覗く。

顔が見えなくとも生気に満ちた力強い誰何《すいか》の声で、僕も多治比もその持ち主が簡単に予想できた。

「詩織、すまないが入れてくれないか？」

「正邦っ？　な、なんで？」

「逃げてきたんだ」

逃げてきた、のところで多治比は顔を小さくしかめていた。

それで気づく。辛いのだと。河野を疑って、嘘をついて騙す。本当はそんなことやりたくないはずだって。

「分かった、そこで待ってて。今男子たちに言って――」

さらに騙すような真似はさせたくない。

嘘をつくのはせめて、僕がやる。

「この隙間をくぐれば行けるよ。僕が多治比くんを後ろから支えるから、河野さんは前から引っ張ってくれないかな」

息を呑む音だけが聞こえてくる。僕の思い込みかもしれないけれど、バリケードの隙間から覗く彼女の瞳は小刻みに揺れているような気がした。

「多治比くんは怪我してるし、それに横倉さんのこともあるからできるだけ早く行動した方がいいと思うんだ。お願い」

河野からの答えが返ってくる前に、僕は多治比の方を向いて――。

「僕の言う通りにして」

と命令する。

これは僕が言ったことだから、多治比は従っただけ。

そんなメッセージを込めて瞳を見つめた。

こんなことしかできないのが、もどかしい。本当は疑わなくてもいいと言ってあげたかった。

「………ああ」

多治比はふっと表情を消してから僕の言葉に従ってくれる。僕の意図が伝わったかは分からないけれど……。

「ちょっと、蒼樹！　アンタなに勝手してるの？」

「ごめんなさい、河野さん」

いつも通り、反射的に謝ってしまって……でもお腹に力を入れて言い返す。

「危ない、倒れるっ」

この僕の言葉は嘘だ。

そう言えば河野は彩乃が見せたい何かを隠すこともせずに、多治比のことを優先すると思ったからだ。

「――正邦っ！」

思った通りに河野は慌てて駆け寄ってくると、多治比の袖を掴んで彼を支える。

行動だけ見れば、彼女は普通の恋する乙女だ。

……酷く、胸が痛む。

どうか何もしていないでくれと、疑心暗鬼を抱かせるためのブラフであってくれと、願わずにはいられなかった。

それから危なげなくバリケードを乗り越えてから教員室に入った。

「あ、正邦やっほー」

「うわ、痛そうだね～」

「多治比くん、さっきは助けてくれてありがと～」

「……ああ」

教員室には女子生徒が河野を含めて五人いた。どうやらほとんどの女子がここに逃げてきているようだ。

そんな彼女たちはコーヒーのかぐわしい香りを立てて、お菓子を片手に多治比の周りによってきて小さな声ではしゃいでいる。少しばかり安全な場所で甘い物を食べられたからと言って気を抜きすぎではないだろうか。

何か、おかしい空間に居続けて思考の歯車がズレているような違和感があった。

「でも正邦が無事で良かった。本当に心配してたんだから」

「こっちに来て。お腹減ったんじゃない？　先生方の机にお菓子があったから一緒に食べよ」

「そーそー、先生たちズルいよね～。お菓子持ちすぎでしょ」

「ね～」

河野は教員室に入って左手側にある校長室とは真逆、事務室の方へと案内する。

「食べ物か……あまり食べられる気はしないな」

「私もそうだったけど、甘い物を食べると随分楽になったんだ。温かいお茶を飲むだけでだいぶ違うよ」

河野は会話をしながら事務室へと入っていき、古めかしい電気ポットのスイッチを押してお湯を沸かし始めた。

さりげなく、校長室から離れさせようとしていると感じるのは僕の思い過ごしだろうか。

「蒼樹」

多治比がついてこいと僕を手招きする。一緒にご相伴《しょうばん》に与《あずか》ろうと言いたいのだろう。多治比の顔からは随分と険が取れていて、安心しているように見える。クラス公認の恋人に変わった様子が見られないから気が緩んでいるのだろうか。

そんな多治比とは正反対に、僕の心は疑念で埋め尽くされていく。

確かに河野や他の女子たちに不自然なところはない。

普通で……いつも通り。

でも、何人も殺されて、これから殺されるかもしれないのに……いつもと変わりない。誰一人パニックに陥ることもなく、精神を平常に保てているのがおかしくないだろうか。

「ねえ、多治比くん」

視線だけで校長室の方を指し示す。

彩乃は校長室へ行けと言っていた。しかも、何故か急かすように。あそこに、彩乃が見せたくて、河野が見られたくないものがあるはずだった。

「傷が痛むでしょ。校長室に大きなソファがあったはずだから、少し横になって休んだらどうかな」

「あ、ごめんなさい正邦。校長室は今──」

突然、河野の動きが止まる。

それまで嬉しそうにしていた顔から一瞬表情が失せ、瞳には暗い光がよぎった。

「……事務室にもソファはあるし、他にも色々あるからこっちの方がいいんじゃない？」

──間違いなく、何かある。

「確かに、あのソファは魅力的だな」

「………えっと、正邦。悪いんだけど校長室には先生たちの遺体を寝かせてあるの。先生たちみんな、殺されちゃってたから……」

「そうなんだ。じゃあ、僕は手を合わせてく──」

「蒼樹！」

河野から鋭い声が飛んでくる。いつもならそれだけで縮み上がってしまうのだが、今回は違った。僕の中にあった疑念が確たる形を持ち始めた。

「アンタ、さっきから邪魔なんだけど。アンタなんで正邦といんの？　友達気取り？　っていうかあんたがバリケード壊したんだから責任もって直してきなさい」

「……え、その……」

だが、マシンガンのような河野の口撃に、思わず怯んでしまう。

やると決めたところで僕の性格が変わるわけではなかった。

「正邦に守ってもらってる立場なのに生意気。これ以上変なこと言うなら――」

「俺は蒼樹に傷を治療してもらえなきゃ死んでたんだ。一緒にいて何か悪いのか？」

「………………」

多治比に切って捨てられ、今度は河野が黙る番だった。

唇に力を入れて引き絞り、僕に対して強い拒絶を示す。いじめられていて蔑《さげす》むべき対象である僕と、対等に口をきくことなどありえないとでも考えていそうだった。

「別にいいだろう、先生たちに手を合わせるくらい。俺もそうしたいから一緒に行こう」

「ダメッ」

思わず出てしまった拒絶の言葉。飛び出たあとで口元を押さえたところでもう遅い。明らかに何かがあると、校長室に何かを隠していると白状したも同じだった。

多治比は無言で踵《きびす》を返すと校長室に向けて歩き出す。

周りでたむろしていた女子たちの話し声が急に止まった。

僕らは構わず教室二つ分の細長い教員室を縦断し、校長室と教員室を隔てる扉を押し開ける――。

「――――っ」

――そこには、獲物を思うさま貪《むさぼ》り喰らうケダモノたちの姿があった。

給食時間《おんなの》――河野詩織

白熱灯の頼りない明かりに照らされ、木製の扉がいくつも連なっているのが浮かび上がる。

二年一組の女子たちの間で「女王」とからかい半分の陰口を叩かれている河野詩織は、現在たった一人、職員トイレで手洗い場の鏡に映る自身の影を睨みつけていた。

横倉の襲撃を受け、一緒に更衣室から逃げてきたクラスメイトたちは教員室に立てこもろうとしている。

そんな彼らから、河野が離れている理由は――。

「くっ……私が標的だと気付かれたら……」

自殺した古賀優乃の遺書には、幾人かの加害者の実名が書かれていた。優乃を特に酷くいじめた者たちの名である。

そのほとんどは不良グループの面々であったのだが、たった一人だけそうではない名前が存在した。

それが河野詩織。

彩乃が最も恨みを抱いているであろう存在のうちの一人。

河野は優乃の自殺事件について警察から事情聴取を受けた際、その遺書を目にしている。

つまり、横倉のターゲットは間違いなく自分だと理解していた。

ただ、まだクラスメイトたちは河野がターゲットであるとは知らない。だから今は行動を共にできているのだが、もし河野が横倉の殺害対象だと彼らが知ってしまったら……。

「私は見捨てられる……」

いくら仲が良くても、クラスメイトが自分の命を投げ出してまで河野を救ってくれることなどない。拳銃を向けられただけで、彼らは尻尾《しっぽ》を振って河野を差し出すことだろう。

「どうすれば……」

河野は出口のない思考の迷路に嵌まってしまい、トイレに来て何度目かのため息をついた。

「うわぁ、女王ちゃんの気弱な態度とか、見ちゃいけないものを見ちゃった感じ？」

一人しかいないはずのトイレに、本日嫌というほど聞いた声が響き渡る。

ただし、これまでと違うのは、それが肉声だということだ。

河野は即座に声が聞こえてきた方角を確認する。そして、校舎の外側に立って窓枠に肘をつき、ニヤニヤと笑みを浮かべている古賀彩乃の姿を認めた。

「なっ……」

「やほ」

まるで旧知の仲であるかのように、気楽に彩乃は声をかける。

だが、彼女たちの関係は、死にゆく者と、その状況に追い込んでいる者なのだ。河野が彼女に挨拶を返すわけがなかった。

「あ、あなた……」

だから河野は抗議しようと口を開け……そこから先が出てこず、無意味に口を開閉させる。

何を言えばいいのか、そもそも下手なことを言って気を悪くされてはそこで殺されてしまうかもしれない。そんな無駄な思考が河野の頭の中をグルグルと巡る。

結局河野ができた行動は、黙って彩乃の出方を待つことだけだった。

「でもさぁ。女王って陰口叩かれてた割には意外と脆《もろ》いんだね」

「な、何がよ」

「怖いんでしょ、誰かと一緒にいるのが」

彩乃の言葉は、河野の隠そうとしていた真実のど真ん中を完全に射貫《いぬ》いていた。

河野は女王などと呼ばれるだけあって、クラスの中ではかなり横暴に振る舞い、今まで幾人もの弱者を踏みつぶしてきた。

だからこそ彼女は知っている。

踏みつぶされた弱者の末路を。

その最悪の結末を。

「ち、ちが――っ」

「違わないよね～。怖くなかったら普通に教員室にいればいいもんね～」

襲撃者は一人なのだから、対抗するには人数が多い方が絶対的に有利だ。

その有利を捨てて職員トイレにいる理由は、人そのものが怖いから。

「媚《こ》びてみたら？　その無駄に大きい胸を使えば男を誑《たら》し込むのなんて余裕でしょ」

そう言って彩乃は、グラビアアイドル顔負けのスタイルを誇る河野の体を指差す。

彩乃は言っているのだ。

連中と寝ろ、と。

そこまで堕ちれば守ってもらえるだろ、と。

「――できるわけないでしょっ」

「あ、そ」

河野が女王と揶揄されたのは、横暴な態度だけが理由ではない。高すぎるプライドも原因の一つだった。

そんな彼女が男に媚びへつらうことなどできるはずがない。彼女にとって男とは、自らの都合のいい存在《もの》であり、駒であり、服飾品であった。

決して自分の上で腰を振ることを許す存在ではないのだ。

……唯一、多治比だけは考えてやらないこともないのだが。

「ならもっと別の方法でなんとかしたらー。せっかく名前を直接言わないでおいてあげたんだからさぁ」

「言われなくてもするわよっ」

「じゃないと偽善者クンみたいに撃たれちゃうぞ」

「なっ⁉」

彩乃は右手で銃の形を作って「バン」と河野を撃つ素振りを見せてから、ぴしゃりと窓を閉めてしまった。ただ一人トイレに残された河野には、窓を開けて彩乃に許しを乞うことなどできはしない。せいぜいできることは、彩乃の残像へ向けて憎々しげに毒づくことだけだった。

◇

「男子はこっち見ないでよ！　あとジャージ寄越しなさいよ！」

「そう言ってもよぉ、俺らも必要だし」

「てか視界に入るんだって！」

教員室に戻った河野を出迎えたのは騒々しく抗議をする女子たちの声だった。

腐臭のする制服に嫌気が差していた河野は、先ほど更衣室に入った時、無駄話などせずに自分に合った服を女子生徒に探させ、体操服の上に上下空色のジャージまで着込んだ。そして今はチャックを完全に閉め、肌が露出しないよう完璧に防御している。しかし、女子たちの中には着替えの途中のため、満足に服を着ていない者もいた。

その中の一人に星野明里《ほしのあかり》という少女がいた。

彼女はストレートの髪を胸元まで伸ばし、やや幼さの残る童顔、可愛いというより愛らしい感じの雰囲気を纏《まと》っている。また、彼女は河野ほどではないにせよ、そこそこの頻度で告白されており、非常に男子人気が高い。

そんな星野は現在、ぶかぶかのジャージ一枚を羽織るだけというかなり危うい格好をしていた。ジャージの下は白い下着だけである。

そういった扇情的《せんじょうてき》な姿をした彼女や他の女子に、男子たちは状況も弁《わきま》えずに無遠慮な視線を送っていた。

「あなたたちね……え……」

文句を付けようとした河野の怒声がだんだん萎《しぼ》んでいく。そしてそのまま眉根を寄せて少しの間考え込むと、何かに納得したのか、うんうんと頷いた。

訝《いぶか》しむクラスメイトたちを意に介さず、河野は続ける。

「ねえ、あなたたち。いい思いをしたいと思わない？」

「は？」

それだけでは意味が通じなかったのか、男子生徒たちは揃って首を傾げる。

「馬鹿ね。死ぬ前に星野さんとセックスしたいかって聞いてるのよ」

河野自身が男にへりくだることなど考えられない。しかし現実問題として、彼女に迫る危機は無視できないほどに大きくなっている。

なら、自分以外を生贄に差し出せばいい。

河野はそう結論付けたのだ。

「……？」

あまりにも直球な言い方に、男子たちは困惑を深くする。何故今その話に繋がるのかまったく理由が想像もつかなかったからだ。

だが、彼らの顔には、困惑の他にも別の感情が浮かんでいる。それは河野が満足するような、下劣なものであった。

「ちょっ、河野さん何を言ってるの？」

当然星野は抗議の声を上げる。

「そうだよ。明里がそんなことするわけないじゃん」

星野の友達である、背丈の低いボーイッシュな少女、我妻友梨亜《がさいゆりあ》も表情を厳しくした。

「あ、みんな。星野さんのこと捕まえといてくれる？　あと、我妻さんもね。一人で男子四人も相手にするのは辛いだろうし、協力してもらおっか」

しかし河野は、そんなことなど関係ないとばかりに女子生徒たちへ命令を発してから、男子たちを唆《そそのか》す。

「これから先ずっと、私たちの命令に絶対服従して守ると約束するなら……何があっても見ないふりをしてあげる。ゲームが終わったあとに口裏合わせだってしてあげるし、なんだったら弁護士だって付けてあげるわ」

ねえ、と言いつつ河野は仲間の――自らの支配下にある女子たちへ念を押していく。

実際、河野やその取り巻きの女子が古賀優乃の自殺に関して罰を受けなかったのは、河野家お抱えの顧問弁護士が彼女たちを守ったからだ。黒をも白にしてしまえるその力を、取り巻きたちはよく知っていた。

河野に命令された女子たちは、身を固くして戸惑ったが……少しずつ移動を始める。我妻と星野を取り囲むように。

河野に従えば男子たちからの身の安全が保障され、生き残ったあとの罪への責任も負わずに済む。横倉から銃を突きつけられた直後で少しでも危険から離れたいと思っている女子たちにとって、河野の悪魔じみた提案は、充分すぎるほど魅力的なものだった。

「いや、でもさ……」

ためらったように口を開く男子生徒の一人に、河野がさらに畳みかける。

「ゲームが続けば死ぬかもしれないのよ？　その前に一時《いっとき》でも楽しみたくないの？」

「…………」

男子たちの目が、次第に劣情の色に染まっていく。唇を舐める動きも、緊張というより魅力的な未来を思い描いているせいだろう。

彼らの心は、だんだんと欲望に支配されつつあった。

「それに、もし仮に星野さんたちが死んだら……誰が被害を訴えるの？　問題自体、発覚するのかな」

河野が目論《もくろ》んだのは、相手の罪を握る方法での支配。罪の意識と女という報酬で男子生徒を操り、罪の揉み消しと安全の確保という利益で女子生徒を縛る。

この方法ならば、全員を支配できる。

「ちょっ……待って。河野さん、冗談だよね？」

「私、場をわきまえない冗談って嫌いだから」

河野は笑みを深くしながら星野に近づくと、彼女のジャージのチャックを乱暴に下げた。

一瞬何が起こったのか理解できなかった星野は、自分の下着姿が衆目に晒されているのを自覚して――。

「――いやぁぁぁぁっ‼」

悲鳴を上げながらその場にうずくまった。

しかし、河野はそんな星野の行動を許すはずもなく、自身は星野の左腕を、別の女子には右腕を持たせて、力ずくで立たせる。そしてジャージを強引に脱がせ、さらにはブラジャーまで乱暴に引きちぎった。

「や、やめっ……！　お願い、河野さんっ」

「明里ちゃんっ！　何するのっ、酷いよ！」

星野は必死に抵抗したのだが、二人相手に敵うわけがない。

星野を守ろうとする我妻も、別の女子に拘束されてしまった。

「いやっ、離して！」

星野が身をよじり、体を揺すって逃れようとするたびに、彼女の形のいいバストが揺れ、男子たちの官能は高まっていく。

こんな状況なのに、ではない。

命の危機に陥れば陥るほど人間は生存本能から性欲をいや増していく。しかもこの非現実的な状況も合わされば、雄どもの理性は――。

「先着一名」

「やるっ！」

だらしなくニヤニヤと笑みを浮かべる一人の男子生徒が前に進み出ると、ほぼ全裸に近い星野に抱き着いた。

「やめてぇっ！　いやぁぁっ！　いやっいやぁぁぁぁっ‼」

「明里ちゃんっ！　明里ちゃんっ‼　やめて、離してっ！」

星野は金切り声を上げ、腕を振り回し、男子生徒の顔に爪を立てて抵抗する。

しかし結局、床に押し倒されてしまった。

「ちょっと、ここで始めないでよね。校長室が防音だったからそっちでやって」

「分かった」

「それと命令には絶対服従なのは理解してる？　私が死ねと言ったら死ぬのよ？」

「もちろん分かってるって！」

男子生徒はもはや完全に血が上った頭で全てを受け入れる。欲望の権化となった彼は、一時の快楽が全てを上回るようだった。

これで河野は横倉に対する盾を一枚手に入れた。しかし、安全を喫するなら盾は三枚欲しい。何せ標的以外の人間を、三人殺させれば横倉は死ぬのだから。

「じゃあ……」

河野は満足そうに微笑むと、別の男子生徒たちへ視線を送る。

「我妻さんを欲しいのは、誰？」

その場全てを支配し、自らの望みを通す彼女の姿は、まさしく女王と呼ぶに相応しいものであった。

五時限目——残り生徒数　15人

校長室は縦長の部屋で、南側——教員室と繋がる入り口から入って右側——に窓が一つあり、それに背を向けるようにデスクがセットされている。部屋の中心には本来ソファと背の低い応接テーブルが設置されているのだが、それらはまとめてバリケードとして扉側に立てかけてあった。

邪魔なものがどけられたことでできた空間には————そこにあるものがなんなのか、何が行われているのか、脳が理解することを完全に拒絶する。

こんな時に？

何故こんなことを？

どうしてこうなった？

頭の中に大量の疑問符が浮かび、ぐるぐると回る。

人が人を殺すことも絶対に受け入れがたい行為だが、ソレも別ベクトルで絶対に許せない行いだった。

むせかえりそうなほどすえた臭いの漂う校長室にいたのは、男女それぞれ二人ずつ。全員が一切服を身に纏っておらず、女子たちの方は糸の切れた操り人形のように脱力した状態で床に倒れ、男子たちの方は扉が開いたことにも気付かず自分の欲望に従っていた。

ああ、これだったのだ。彩乃が見せたかったのは。

彼らは普通のクラスメイトで、多治比のようにもの凄く正義感が強いとか、山岸のように暴力的で自己中心的というわけではない。いたって普通の感性を持った人間だ。だけど、そんな彼らがここまでしてしまった。

彩乃は、人がこんなにも壊れているところを僕と多治比に見せつけて思い知らせたかったのだ。

人間とは、こんなにも身勝手で、自己中心的で、汚い存在だってことを。

「……何やってんだよ、お前らぁぁぁぁっ‼」

激昂した多治比は怒声を張り上げながら校長室に駆け込むと、勢いそのままに全体重を乗せた蹴りを片方の男子生徒に叩き込む。打撃によって起こったとは思えないほど鈍い音がして、蹴られた男子生徒は車にでも追突されたのかという勢いで床を転がっていく。

その行く末を見届ける前に、多治比は次の男子――杉山にも襲いかかる。

「た、多治……」

全裸故に他に掴むところがなかったのだろう。多治比は右手だけで杉山の首筋を掴むと、力任せに女子から引き剥がし、そのまま床に叩きつける。もはや容赦など一切感じられず、死んでも構わないと思っていそうな勢いだった。

「黙れっ！　何をしたのか自分で分かってるのか、お前は‼」

「ぐ……か……あ……」

仰向けのまま首を強く締め上げられた杉山は、空気を求めてあえぎ、魚のように口をパクパクと開閉させる。少しでも首の圧迫から逃れようと、多治比の腕を掴んで必死に抵抗するのだが、多治比の腕は鋼鉄のように動かず、万力の力でもって杉山の首を絞め続けた。

「ま、正邦……」

激怒することは予想できても、圧倒的な暴力で男子たちを蹂躙することは予想外だったのか、僕の背後にいる河野の声は、恐怖に震えていた。

確かに、昨日までの多治比であれば、怒ったとしても即座に暴力に訴えなかったはずだ。

でも今の彼は違う。

その手で山岸の命を奪ったのだ。覚悟から考え方、在り様までが変貌してしまっていた。

「えっと――」

僕には何ができるのか。

頭は未だに混乱していたが、何をすべきか判断するくらいの余地は残っている。以前の自分ならば、きっと固まって動けなかったけど、今は違う。

僕は校長室を見回して現状を確認し――窓際に走り寄り、茶色のカーテンを掴むと思い切り引っ張った。ブチブチと音を立ててレールからカーテンが外れ、僕はそれを持って全裸の女子――星野の傍に駆け寄る。光のない瞳で中空を見上げる星野の体を隠すようにカーテンをかけると、次は隣で横たわる裸体の小さな方――我妻の体にもかけた。

しかし、多治比がいくら怒鳴っても、暴れても、状況が変わっていても、星野と我妻は一切反応を見せない。悲鳴を上げることや、こちらに助けを求めることすらしなかった。

星野は布越しに胸がわずかに上下しているため、ちゃんと呼吸していることが分かる。

一方、我妻は――。

「…………」

まさかと思って我妻の首筋を触って脈拍を確かめる。

――脈がない。

慌てて胸に耳を当てて心音を探ったが、彼女の体からは何一つ鼓動が聞こえなかった。

「……死ん……でる……」

死因は分からない。局部を除いて目立った外傷がないのを見る限り、窒息死だろうか……。

我妻は体がとても小さい。身長が百五十八センチの僕と比べても頭一つ分背が低いくらいである。そんな少女が無理やり犯され、凌辱の限りを尽くされた。彼女は必死に悲鳴を上げ、抵抗したに違いない。それを大人しくさせようと、男子たちが彼女の体を押しつけ、布などで強く顔を押さえたのではないか。あくまで想像に過ぎないが、僕にはどうしてもそれが的外れな妄想だとは思えなかった。

あまりにも理不尽で悲惨な死に方に、僕の心は憐憫《れんびん》でいっぱいになる。

「お前が、殺したのかぁ？　あぁっ⁉　杉山ぁ‼」

僕がそうなのだから、正義感の強い多治比はもっと――。

多治比は鬼のような形相で、右手に力を込めて杉山の首を絞め上げる。杉山の顔色は赤から青へと変わりつつあり、抵抗する動きも緩慢になっていく。口元からは泡状の唾液が頬を伝い、今や完全に白目を剥いてしまっていた。

このままだと杉山は死んでしまう……。

間違いない。多治比は殺すつもりだ。

杉山は死んだ我妻に馬乗りになっていたのだから、彼が我妻の死に関わっているのは確実だろう。

多治比の気持ちは痛いくらいに分かる。死者相手にあんなことをするだなんて、それだけで許される行為ではない。

でも、彼が杉山を殺すのは……間違っている。

今、多治比が銃を置いてきたことを、逆の意味で良かったと感じていた。

「正邦待って。事情を聞いて！」

河野が進み出て多治比を説得にかかる。だが、話が通じるわけがない。

彼女は先ほどまでこのことを隠そうとしていたのだ。しかもいくつもの嘘を重ねていた。

もう、疑いの目でしか見ることはできなかった。

「事情があるからこんなことをやっていいっていうのか⁉　我妻は死んだんだぞ！」

「違うの！　死んじゃったのは私も知らなかったし予想外だったけど、これは星野さんたちが望んだことなの！」

「はぁ⁉　殺されるのが望みなわけあるか！」

「お願い、聞いて！」

女王とからかい半分に言われるだけあって、河野はいつも強い自信を持っていた。そんな河野から、涙で潤《うる》んだ瞳で懇願され、さしもの多治比も少しだけ怯む。

多治比の力が緩んだせいか、首を掴まれていた杉山が音を立てて荒い呼吸を繰り返す。一応これで杉山がすぐに死ぬことはなくなったので、僕はほっと胸を撫でおろした。もちろん、杉山が死なないことに安心したのではなく、多治比が罪を犯さないことに安心したのだ。

「本当なの！　星野さん、横倉さんに銃で殺されそうになったのがよっぽど怖かったのか、教員室まで逃げたら男子に抱き着いて、しばらく震えてたの。それで……」

話の核心だろうに、河野は顔を伏せてその単語を言いよどむ。

「その……しようって、男子を誘ったの。代わりに何があっても私を守ってって」

果たしてそれは本当だろうか。

星野は真面目で控えめな性格をしており、男子と積極的に話をするようなタイプではない。それは多治比も知っていたため、信じられないと首を横に振る。

「星野が、本当にそんなことを言ったのか？」

「本当だからっ」

河野は騒ぎを聞きつけてやってきた男子たちの方を振り返り、ねえ？　と確認する。

「あ、ああ。言ったっていうか、言われた」

一人の男子が頷くと、それに倣《なら》うように俺も俺もと他の男子たちも次々に頷いていく。

「それで、それに我妻さんも参加するって言って……みんなで……」

死んでしまった我妻友梨亜は、だいぶ積極的で奔放《ほんぽう》な性格をしているのだが、星野とはいつも一緒にいて、親友同士であると公言していた。

星野が本当にそんなことを言ったとして、我妻はそれに同意したのか？

二人の上辺《うわべ》しか知らない僕には判断がつかなかったが、そんな関係だっただろうか？

疑念しか浮かばない。

「それが本当だとしても、我妻が死ぬのは異常だ。あり得ない」

「それも……それも事故だと思う。ここで具体的にどんなことをしていたかは分からないけど、その……我妻さんは過激なことが好きだって前に聞いたことがあったし、行為の最中に何か手違いがあったんじゃないかな」

「………」

「みんな必死だったし、怖くて仕方なかったから……つい力が入っちゃったのかも。とにかく事故なのよ」

河野の説明は、ギリギリのところで理屈が通っている。

最初に校長室へ行かせないようにしたのも、そういう理由があってのことだと考えれば分からなくもない。

だが、どうしても僕は河野の言葉が信じられなかった。

「じゃ、じゃあどうして星野さんまでこうなってるのかな？」

僕は河野に尋ねた。

星野の意識は存在する。呼吸しており、目もしっかり開いている。

ただ、彼女はまるで魂が抜けてしまったかのように中空を見つめるだけで、一切なんの反応もない。自分で行為を望んだ人間が、こうなってしまうだろうか。

「蒼樹、私は正邦と話してるの。邪魔しないでくれる？」

先ほどまでの涙はどこに行ったのかと思うほど、河野はきつい眼差しを僕に向けてくる。

「蒼樹の言う通りだと思うんだが？」

多治比が冷ややかな目で河野を見た。

「……死への恐怖から心が壊れてしまったのかも。専門家じゃないから分からないけど」

駄目だ、僕には河野の言葉が薄っぺらい言い訳に聞こえてしまう。

さらに問い質《ただ》すために僕は口を開いて――。

カランッと、鉄パイプが床を叩く音が聞こえてくる。

本能的に危機を感じた僕は思わず背後を振り向いて――息を呑んだ。

いつの間にか武器を手にした男子三人が、それとなく僕たちの周りを囲んでいた。

「大きい声出して、どうしたの？」

それに加えて、カッターナイフなどで武装した女子たちまでもが校長室に入ってくる。

……仮に今までの話が嘘だったとしよう。

そうしたら僕たちは――。

◇

「なあ、正邦。杉山のこと離してやってくれよ。お前の誤解なんだって」

男子生徒――吉屋は口元に笑みを浮かべ、馴《な》れ馴れしく多治比に語りかける。しかしその目は完全に笑っていなかった。

それで僕は先ほどの話が嘘だったと確信する。

多治比も同じだろう。

「そうそう、何か勘違いしてるみたいだけど、星野さんからやるって言ってたし」

「むしろノリノリだったっつーかさ、楽しんでたぜ」

他の生徒たちが吉屋の言葉に続けて口々に言った。

今までのことは全て本当、ということにしたいのか。みんなが同調圧力をかけてくる。

ここで「嘘だ」と言えばどういうことになるか。確実に口封じをされてしまう。

まただ。また、彼らは同じことを繰り返している。古賀優乃を孤立させ、自殺へと追い込み、知らぬふりを突き通した。それだというのに、再び自分たちを守るため、今度は星野たちの犠牲をなかったことにしようとしているのだ。

僕と多治比を除いたこの場にいる全員が、共犯関係という強い絆《きずな》で繋がってしまっていた。

「ったく、そういう熱いところが多治比の良い部分なんだろうけどさぁ」

「俺らの言い分も聞いてくれって」

空虚な笑い声と共に、その場の空気が無理やり弛緩《しかん》させられていく。

その時、多治比に首を絞められていた杉山が体を起こした。

力を緩めたのか。

まさかあの嘘を信じたというわけはないだろうが……。

そう考えながら見た多治比の横顔からは――。

完全に、感情というものが抜け落ちてしまっていた。

嫌悪や失望すら存在しない。

完全な無だった。

「ね、ねえ正邦。信じてくれないかな？」

河野は両手を組んで、祈るような仕草で多治比にほとんど頼み込むように聞いた。

河野がこんな態度を取るのを見るのは初めてだ。それだけ彼女が追い詰められているということであり、暗に嘘だと認めているようなものだった。

「………」

多治比はずっと無言、無表情を貫いているが、内心ではおそらく壮絶に葛藤している。

場の状況は絶対的に不利で、嘘を嘘と指摘しようものなら良くて私刑《リンチ》、最悪殺されてしまうかもしれなかった。

僕は一旦、逃げるための道を探そうとして――。

『あれ～、何してるのかなぁ。偽善者クン、空也クン』

悪意が、降ってくる。

『まさか今のを信じたのかなぁ？　まさかだよねぇ。だって、一人死んでるんだよ？　もう一人は心が壊れちゃってるんだよ？　信じられるわけないでしょ』

「な――っ。勝手なこと言わないでよ！　本当なんだから仕方ないじゃない」

校長室のスピーカーから聞こえてきた彩乃の声に憤慨《ふんがい》してみせる河野。それに同調するように、クラスメイトたちがぶうぶうと抗議の声を上げる。

だが、再び彩乃の嘲笑が響き――。

『いやっ、やめてぇ……そんなことしたくないのっ。だめぇえっ‼』

『触るなっ！　やっ――もがっ……ぐっ……ん～～っ』

『抵抗するなよっ』

『すっげ、マジかよ！　マジでヤれるとか夢みてぇ！』

星野と我妻の悲鳴が、男たちの楽しそうな嬌声《きょうせい》と怒声が、まるでＢＧＭのようにスピーカーから流れた。

一瞬で男子たちの顔が青ざめる。音声を前にして本当もクソもない。真実がどこにあるのかは瞭然《りょうぜん》だった。さらに音声は続き、河野の命令に女子たちのせせら笑う声、河野が星野たちを売る台詞までもが再生された。

　その間、彩乃は終始楽しそうに笑い続ける。それは真実を暴《あば》いた故だと思っていたのだが——違った。彩乃は、しかし河野たちを糾弾《きゅうだん》せずに僕たちへ問いかける。

『あははははっ。ねえねえお二人さん、君たちはこのあとどうするのかな？』

「え？」

　僕と多治比は今、凶器を持ったクラスメイトたちに周囲を囲まれている。彼らの目的は、自分たちの罪を隠すこと。

　しかし僕と多治比が校長室に入ったことで、それは不可能になってしまった。

　だったら彩乃は僕らに何をさせるつもり——。

『それに女王ちゃん。君はどうする？　何を言う？　どういう行動を取るの？　ねえねえねえ！　あはははははは……』

　そういう、ことか。

「……正邦、私はやってない。これはそれらしい音を合成でもして言いがかりをつけてきただけ。お願い、信じて」

　河野は悔しそうに唇を噛み締め、それでも嘘を続ける。自分たちこそが正しいのだと、真実を言っているのは自分たちだと仮面を被り続けた。

「そうだ！　俺たちはしてない！　嘘だ！　でたらめだ！」

「これ、星野さんたちの声じゃないって。偽物だから偽物！」

「なあ、信じてくれるだろぉ？」

「AVとか切り取ったんじゃねえの?」

彼らは自分たちの言うことを真実にしてしまおうと迫ってくる。

絶対的に有利な状況を盾に。

絶対的に逆らえない力をもって。

古賀優乃の時と同じように。

それが、河野詩織のやってきたこと。

それが、僕たちのクラスがやってきたこと。

普通で、平凡で、善良な存在を装った人間による、何よりも醜悪な――罪。

『さあ、早く決めてよ二人共』

ともかく、安全のためにこの場では一旦話を合わせるべきだろう。そうして受け入れたあとに、隙を見て逃げ出すしかない。ここで異を唱えても、殺される未来が待つだけ。

　だがそれは、僕たちは古賀優乃を自殺に追い込んだ時と何も変わっていないと証明することになってしまう。彩乃は僕と多治比、そしてこのクラス全員に見切りを付けるだろう。

そうなれば待っているのは、首輪の爆発による逃れられない死。

何を選んでも、どう転んでも、僕たちの未来は決まってしまっていた。

僕はそっと視線だけを動かして周囲を探る。ほとんどみんな、多治比ばかりに目が向いていて、僕のことなど気にしていない。僕は小さく、弱くてなんの障害にもならないと思われている。

対して多治比は怪我をしているとはいえ、先ほど二人を一瞬でねじ伏せたばかりだ。みんな相当彼を警戒しているようだった。

「…………」

僕はポケットの中にある固い感触へ意識を向ける。横倉が死に際に滑り込ませてくれていたデリンジャーだ。これはたった二発しか装填されておらず、しかも遠くにはまともに飛ばないため、かなりの近距離で使わなければ意味がないと本で読んだことがある。この状況を打破できるほどの力は……多分、持ち合わせていない。

どうすればと多治比に視線を移しても、彼は先ほどから彫像のように一切動かず、なんの反応も見せていない。

何を考えているのかすら窺い知ることはできなかった。

『ほら、偽善者クン。みんなを信じてあげないの？　空也クン、今のが偽物だって根拠を示してあげなよ。できるものならさぁ』

「…………分かった」

彩乃の悪意に満ちたエールで、ずっと沈黙を保ってきた多治比がようやくポツリと呟いた。

彼はゆっくり立ち上がると、何も感情の乗らないガラス玉のような目で、正面に立つ男子生徒、吉屋を見て——。

「え——？」

急に襟首を掴んで引き寄せ、鼻っ柱《ぱしら》に頭突きを喰らわせる。間抜けな声が悲鳴に変わる前に、多治比は吉屋の手から鉄パイプをもぎ取ると、勢い良く頭に振り下ろす。

ボゴッという血の気が引くような音がして鉄パイプは吉屋の頭部に深くめり込む。

多治比は吉屋の、先ほどまで親しく言葉を交わしていた友人の命を、容易く奪い去った。

人を、殺した。

殺してしまった。

吉屋の体が紐《ひも》の切れた操り人形のように崩れ落ち、その場にいる全員が、遅まきながら多治比の出した結論を理解する。

「おいおいおいおい！」

「何やってんだよぉ！」

「なんでよ正邦！」

流石にここまでするのは予想外だったのか、みんなは一様に青ざめてじりじりとあとずさっていく。

多治比は相変わらずの無表情のまま、口元を押さえて震えている河野に視線を向け、心底不思議そうに――。

「お前たちなんかが生きてる意味、あるのか？」

そう告げた。

◇

僕は、多治比が僕と同じように、自分の命をどう守るのか、どう逃げるのかを考えているのだとばかり思っていた。

でも、違ったんだ。多治比が考えているのはそんなことじゃなかった。もっともっと単純な、何故分からないのだろうという疑問。

「俺やお前たちは古賀を殺したよな。そこから何も学ばなかったのか？　襟を正そうとは思わなかったのか？　いくらでも反省する機会はあったよな。それでこれなのか？」

淡々と、多治比は疑問を並べていく。

多治比が聞いているのはとても普通で、当たり前で、生きていく上で欠かせないこと。常識とか、正義とか、社会通念と言われる代物だ。

もちろん、多治比以外の人間全員にそれが欠如しているとは言わない。ただ、どんな時でも、どんな状態でもそういう常識を働かせられるかどうかが重要なのだ。

「どれだけ、何度問いかけられても他人を傷つける答えしか出さないような奴らだったらさ、迷惑でしかないんだよ。間違いしか起こさないような奴ならさ、もう排除するしかないんだよ」

多治比は無機質に話し続ける。

このクラスメイトたちは自らを守るために感覚を麻痺《まひ》させ、他人を踏みにじった。それが、多治比にとっては殺害を決断してしまうほどの悪に思えたのではないだろうか。

「自分たちにしっぺ返しが来るって気付かなかったのか？　自分たちが排除されるはずがないって、理由もなく信じていたのか？」

波が一切ない、穏やかな水面のような声色であるからこそ、多治比が彼らの行動を、単純な疑問に思っていることがよく伝わってくる。

そして多治比は答えを出したのだ。彼らを殺すしかないと。

まるで、果実の腐った部分を切り落とすような気軽さで。

冷静の極みとも言える状態でありながら、殺害という結論に至った多治比の異常性の表出に、僕は背筋が凍りつくほどの恐怖を感じていた。

きっと、他のみんなも同様だろう。

「そんなこと、あるわけないだろ」

誰もが絶句する中、彼はそう言い切ると、血まみれの鉄パイプを振り上げる。

それが合図となり、校長室は狂乱の嵐が吹き始めた。

「なろぉっ！」

残る男子のうち、武器を手にした二人と全裸の杉山が多治比に殴りかかる。

僕が彼を見ていられたのはそこまでで、クラスメイトたちが僕にも襲ってきた。

僕は必死になって頭を抱え、その場にしゃがみこんで床を這う。ホウキの柄《え》が背中に打ち下ろされ、カッターの刃が腕を浅く裂く。

痛みを堪えながら、僕は体の小ささを活かして校長のデスクと壁の隙間に潜り込んだ。

左は壁、右は机。その間は一メートルもなく、襲われるとしても一人ずつになる。いじめられ慣れた僕だからこそ、逃げ込むのに適した場所をいつも意識していたのが功を奏した。

しかし、自分に有利な位置取りをしたからといって、攻撃がやむわけではない。折れたカッターを逆手に持った女子が目を血走らせて、しゃがんでいる僕の上にのしかかってくる。

彼女は僕を殺すつもりなのだろうか。いや、そういう意識はないかもしれない。彼女はただパニックに陥って、自分の行動の結果がどうなるかを考えず、とにかく攻撃してきたのだ。

僕はとっさに仰向けになると、腕を上げて自身を庇う。カッターの刃が腕を抉ったが、彼女の手と僕の腕がぶつかって止まる。

半狂乱になった彼女は、刃を突き刺そうと何度もカッターを振り下ろし、そのたびに僕の腕や頬の肉を削った。

「このっ！」

僕は必死で隣に落ちていた丸太のようなものを掴んで盾にしようとかざし——その下にあった校長の顔を見て心臓が止まってしまうかと思うほど驚愕する。僕がかざしたものは、どうやら死体になった教員の足で、デスクの下にあるスペースにいくつも死体が押し込められていたようだ。先生たちの死体があるという河野の話は本当だったようだ。

「ひっ」

同じものを目にしてしまったらしく、カッターで襲いかかってきていた女子生徒は身をのけぞらせて後ろに下がる。

代わりにホウキを持った別の女子が僕の前に立つと、奇声を上げながら何度も何度も振り下ろしてきた。

カッターナイフよりは攻撃力が劣るとはいえ、力強く叩きつけられると防御した腕が痺れるほど痛い。

「やめ――」

僕は足を曲げ、その女子の腹に足裏を押しつける。

彼女が後ろにのけぞったことで、振り乱した髪の隙間から顔が見えた。

――柴村だった。最初のゲームで、僕がカードを渡した女子生徒だ。別に恩に思ってほしいわけではないが、仮にも命を救ったというのに……コレ。

失望感で全身から力が抜けそうになるが、気を張り直して彼女を蹴り飛ばす。

「――ろぉっ」

怒りも込めたおかげか、柴村は後ろの人たちを巻き込んで倒れ、ほんの一瞬だけ僕は暴力の渦から解放された。

もう、使うしかない。

僕はポケットからデリンジャーを取り出すと親指で撃鉄を起こし、両手の人差し指をトリガーにかける。

「動くなっ！」

そして、鋭い声で言い放った。

だが、僕の手に握られているものが何か分かっていないのか、彼女たちの反応は鈍い。

僕は上体を起こすと、柴村の足元辺りを狙って両手で引き金を引く。拳銃などよりも大きい破裂音と共に、銃口から白い煙と炎が噴き上がる。威嚇の効果は充分だったようで、たった一撃でその場は静まり返った。

僕は急いでデリンジャーの撃鉄を起こしてから立ち上がる。

「蒼樹……それ、本物なの？」

柴村の問いかけを無視して銃口を左右に振って威嚇した。

「動かないで。それから――」

僕は人間が幾人も積み重なった山へとデリンジャーを向ける。

どうやらみんなは多治比の上に覆い被さり、殴打を重ねて圧殺しようとしているらしかった。

「多治比くんの上から退いてっ」

馬乗りになっていた計五人ものクラスメイトが後ろに下がり、顔を青白くした多治比が体を起こす。暴れたせいで傷口が開いたのか、肩口から喉元にかけて真っ赤に染まっていた。

「そのまま後ろに下がって、早くっ」

銃口でもって指図をすれば、面白いようにみんなは命令に従う。力を持つことで生まれる全能感は、人生で初めてとも思える愉悦《ゆえつ》を覚えさせる。

でも、それに身を委ねてはいけない。

その先に待つのは破滅でしかない。

僕は悪魔の誘惑を振り払うと、多治比の横顔へ視線を送った。驚くことに、と言うべきか、多治比は多量の血を流しているというのにしっかりと立ってこちらを見つめていた。

「……多治比くん、ここから逃げよう」

僕たちと河野たちとの間には、もはや埋めることのできない断絶がある。ここにいることはできない。でも、たった一発しかない銃で、全員の動きを拘束しつつ脱出できるだろうか。

「……俺はいい。蒼樹だけで逃げろ」

「何言ってるの、この状況じゃ――」

『ねえねえ。今のを見るに二人共、女王ちゃんたちの言葉を信じないいってことでいいのかな?』

その時、彩乃の場違いな質問が飛んできた。

「今のこいつらの主張に信じられる要素が一つでもあったか?」

多治比が無感情に聞き返す。

『あはは、確かにね。じゃあ、窓開けて』

窓? なんのために?

『偽善者クン。そうしたら君を次の鬼にしてあげる。最後のゲームのね』

「――鬼って」

それはつまり、多治比が誰かを殺すために追いかけ回すということか。

今の彼ならまるで機械のように殺人という作業をこなすだろう。でもそれは、本当に彼の望んでいることなのだろうか。

あれほど表情豊かで正義感の強かった彼が、今は無感情で人を殺そうとしている。いや、既に二人も直接手にかけた。

どれだけ苦しく思っているのだろう。

どれだけ泣き叫びたいだろう。

きっと、そんな感情を全て心の奥底に押し込めているから表情すら浮かばないのだ。

「そんなこと、多治比くんは望んでるの？　本当に人を殺したいの？」

殺せなかった僕の代わりに山岸を殺してくれた彼に言うべき言葉でないのは分かっている。けれども僕は、これ以上傷ついていてほしくなくて――。

「馬鹿じゃないの？」

嘲るような河野の声は、思っていたよりも近くで聞こえた。

「――えっ」

河野は銃口から一、二メートルしか離れていない場所にいたというのに、目を逸らしたのは失敗だった。ぐいっと腕を掴まれ、手の中からデリンジャーを奪われてしまう。

そのまま腹部に肘打ちをくらい、肺から全ての空気が絞り出された。

「うっ……あ……」

「蒼樹、あんたの度胸じゃ人なんて殺せないでしょ」

お腹を抱えた僕の頭に、トドメとばかりに銃把《じゅうは》が振り下ろされる。昏倒《こんとう》までは行かなかったが、鉄の塊を思い切りぶつけられ、言葉も出せないほどの痛みが僕を襲った。

ただ、そんなことよりも――。

「どうやって手に入れたのか知らないけれど、いいものをくれてありがと。これで横倉さんが来ても少し安心ね。それともあなたが殺したとか？　なんて、そんなはずないか」

銃という戒《いまし》めが解かれた男子たちが、得物を構えて多治比へにじり寄っていく。

多治比は右手に持った鉄パイプを正眼に構え、じりじりと下がりながら僕とは反対側の、壁と仕事机の狭間に入った。左右から襲われることはなくなったが、彼の正面には何人もの男子生徒がいる。多治比と、彩乃に開けろと言われた窓までとの距離はもう一メートルもなかったが、窓は多治比の左手側にある。彼がクラスメイトたちを牽制しながら窓を開けるためには使える腕が一本足りなかった。

一方の僕は、河野によってこの場に縫い留められている。絶体絶命とはこのことだろう。

「ねえ、正邦。もうやめない？　こっちの方が圧倒的に有利なのは分かってるでしょう」

一応、親しい間柄だったのだ。河野も多治比を殺すのは後味が悪いのか、説得を始める。

ただ、もう元の関係に戻ることが不可能なのは分かっているのか、明らかに今までとは違う、高圧的な口調と態度だった。

「というかさ、私たちも吉屋を殺したのを見なかったことにしてあげるから、正邦もそうしてよ」

「…………」

「聞きなさい！」

多治比はそれを論外とばかりに黙殺……どころか話しかけられたことに気付いていないかのように視線すら向けなかった。

それが癇《かん》に障ったのか、河野は手に入れたばかりのデリンジャーを多治比に向ける。

「ねえ正邦。今ここであなたを殺しても構わないことくらい分かってる？　人殺しに襲いかかられたんだから、正当防衛は立証できる」

多治比はようやくその言葉に反応して視線を向け、それがどうしたと言うように数秒で目の前の男子たちに戻してしまう。

多治比はもう、自分の命なんてどうでも良くなってしまっているのではないだろうか。目の前にいる存在を許しておくことができなくて、損得勘定を働かせることすらできなくなっているのではないか。

だとすれば、河野がしようとしている交渉は多治比をより怒らせるだけだ。

「だからどうした？」

「――このっ！　やれっ‼」

冷めきった多治比の返答に反比例するかの如《ごと》く、激昂した河野が下知《げじ》を下した。

河野から命じられるままに、男子たちが多治比へ突貫していく。ただ、大きな仕事机と壁に邪魔され、先ほどのように四方八方から襲いかかることはできなかった。

多治比は一歩後ろに下がると、鉄パイプを振り上げ――目の前の相手を無視してふわりと真上に投げた。

多治比の前にいた男子がほんの一瞬気を取られて宙に舞った鉄パイプに視線を向けた瞬間、多治比は素早く相手に接近し――。

「うおっ」

なんと、怪我人とは思えないほど凄まじい脚力でそいつを蹴り飛ばした。男子生徒が後方に倒れ、ドミノ倒しの要領で後ろにいたクラスメイトの何人かも巻き込まれる。

多治比は人間離れした速度で体勢を戻して飛び退《すさ》り、空中の鉄パイプをキャッチし直す。

そしてその勢いのまま体を捻り、鉄パイプを窓ガラスに叩きつけた。

ガラスが派手な音を立てて割れ、破片が辺りに飛び散る。

彩乃が言った通り、多治比は窓を開けた。

多治比が、鬼になる。

「正邦っ」

流石にこれは見逃せないと思ったのだろう。河野は多治比のことを本気で殺そうと、デリンジャーのトリガーを引き絞る――。

「――っ⁉」

――ことができなかった。

河野は知らなかったのだ。デリンジャーには、トリガーが何かに当たって暴発してしまうのを防ぐトリガーガードを持たない。そのため、トリガーそのものがとても固くできている。女子の河野が片手で引いても撃てない程度には。

河野の顔に焦りが浮かび、存在しないトリガーのロックを外そうとしてデリンジャーを弄り回す。男子たちはなんとか立ち上がって反撃の体勢を整えていた。

その間に、多治比は窓の割れ目に手を突っ込んだ。

多治比が手を引き戻した時、その中には黒光りする拳銃が握られていた。

こうなる展開を見越していたのか、彩乃が用意していたのだ。多治比を鬼にする引き金を。

「なっ」

多治比が先ほど蹴り飛ばした男子の顔に、拳銃が突きつけられる。

警告も、ためらいも、慈悲もなかった。

ただ無感情に、それが義務であるかのように、多治比は拳銃を撃ち放つ。

鼻が顔の中心へと吸い込まれていくように奇妙な形でひしゃげていき、頭の後ろから血飛沫が飛び出ていく。

間違いなく死んだ。殺した。一つの命を奪ったのにもかかわらず、多治比は表情を一ミリたりとも動かすことなく、次の生徒の心臓へ弾丸を叩き込む。

これで多治比が校長室で殺したのは三人。

立場は完全に逆転していた。

河野に味方する生徒たちの人数はもう片手で数えられるほどしかいない。拳銃に残る弾はそれ以下だけれども、死ぬと分かっていて突っ込んでいく奴はいない。そもそも彼らは有利だから河野の味方をしていただけだ。

それが覆《くつがえ》れば――。

「うわぁぁぁぁっ‼」

「いやぁっ‼」

逃げるだけ。

我先にと悲鳴を上げ、武器を放り捨てて入り口へ殺到する。

「ま、待ちなさいっ。私の命令には絶対服従って――」

河野は人の波に呑まれ、流されていく。その集団に向けて多治比は発砲し、今度は女子生徒が一人、胸から血を流して倒れる。それを踏みつけて、生き残ったクラスメイトは校長室の扉から我先に逃げようとする。

多治比はすぐさまその女子の元まで歩み寄ると、頭にトドメの一撃を撃ち込んだ。

……無表情のまま。

「……多治比くん」

「蒼樹、下がってろ」

違う、そうじゃない。

「多治比くん。もういいよ」

答えは、返ってこない。

代わりに腕を上げ、逃げようとする集団の最後尾の女子生徒――柴村だ――に向かってさらに一発撃ち放つ。

だが、その弾は外れた。柴村は全身を震わせ、おぼつかない足取りで校長室を出る。

多治比がもう一度狙いを定めた。

「待って！」

銃弾が放たれるよりも先に、僕は多治比に近づいて銃を持っている腕を持ち上げた。

「蒼樹、邪魔するな」

水晶のように透明で無機質な多治比の瞳に射すくめられ、一瞬怯んでしまう。それでも彼に罪を重ねてほしくないと思い、僕は自身を奮い立たせる。

「違うっ。なにも殺すことはないよっ」

「俺は殺されそうになり、お前も殺されかけた。我妻は殺されて、星野は壊された」

「そうだけど……」

何より、と多治比は顎《あご》で前方の柴村を指し示す。

「柴村はお前に命を救われておきながら、お前を殺そうとした。救う必要があるのか？」

きっともう、多治比の中で全ては完全に決まってしまっており、何を言っても揺らぐことはない。その覚悟を嫌というほど感じた僕に反論はできなかった。

何人も殺し、そして今また殺そうとしている人間とは思えないほど優しい手つきで僕の体が押しのけられる。

「――終わりだ」

柴村は意味のない耳障りな奇声を上げ、ヨタヨタと校長室から出たと思ったら、何故か廊下ではなく教員室の窓を開けてそこから外に飛び出してしまった。恐怖のせいでまともな判断力が残っていないのだろう。首輪が爆発する条件は、校舎の外に出ることなのに――。

「撃つまでもないな」

「………」

柴村はフラフラながら必死に走り、だいたい三メートルも進んだところで首元から血煙を噴き上げる。それでも柴村は止まらない。首をのけぞらせたまま走り続け、やがて向かいの南校舎までたどり着き――勢いそのままに壁へ激突し、ようやく果てたのだった。

「他は……逃げたか」

多治比は首を巡らせ、からっぽの教員室を確認する。

多くの犠牲を払ったが、河野を含めた幾人かのクラスメイトたちは逃亡に成功したようだった。

「ほら、終わったなら早く開けてくれる？　命の恩人を待たせるって失礼でしょ」

「え？」

背後から声がして、校長室を振り向く。

「彩乃さんっ⁉」

テレビ越しにしか顔を合わせていなかったが、窓の外には古賀彩乃の姿があった。

「彼女が俺に銃を渡してくれたんだ」

多治比はそう言うと校長室に入って窓を開け、彼女を部屋の中に招き入れたのだった。

彩乃はまず「予備の弾薬が入ってる」と言ってポーチを多治比に投げ渡し、それから満足そうに部屋全体を見回した。

「いやー、派手にやったね〜。いちにいさんよんご……一人は自滅と」

彩乃は校長室を歩き回りながら、歌でも歌い出しそうなほど嬉しそうな顔で死体を指折り数えていく。我妻を除いた多治比が作り出した校長室の死体を数えると、男子が四人、女子が一人。そして外で自滅した女子が一人。生き残っているクラスメイトの数は、僕らを除けば女子四人と男子二人。そのうちの一人である星野はまだ校長室にいて、死んだも同然の廃人になってしまっている。

最初は二十九人もいたのに、今や四分の一以下になっていたが、それでもゲームは終わらなかった。

「彩乃さん。これから何をするつもりなんですか？　多治比くんに何をさせるつもりなんですか？」

「何って、鬼だけど。彼には最後のゲームの鬼役として、ちゃーんと殺してもらわないと」

鬼。つまりは殺人者。彩乃はまだ多治比に人殺しをさせたいのだ。

「つまり人殺しですよね？　これ以上多治比くんにそんなこと――」

「蒼樹」

ポンッと軽い調子で肩を叩かれる。

ああ、やっぱりこうなってしまったのかと思いつつ、僕は多治比の方へと振り返った。

「俺は望んでやっている」

「嘘だよ……」

彼の瞳に映る僕の顔は、いつの間にか涙でぐちゃぐちゃになっていた。

でも、僕よりももっと泣いている人がいる。

心を凍らせて、無理に殺人を続ける多治比は、涙こそ流していないが、心の中で僕以上に泣いているはずなのだ。全員を助けようとしていた多治比が命の選別を望むはずがない。

「嘘じゃない」

「嘘だよっ！　犠牲になったみんなのために殺してるんでしょう⁉　多治比くんは優しいからっ」

僕は怖くて言えなかったけれど、多分それだけじゃない。

彼は言っていた。本当に助ける価値のある奴を死なせてしまうなら、そうじゃない奴を殺すって。彼は今、僕のために人を殺している。これは僕の思い込みとか自意識過剰ではない。違《たが》いようのない真実だ。

僕にそんな価値はないのに。

僕こそ本当は死ぬべきなのに。

こんな事態を引き起こす鍵になった僕なんかが、生きていていいはずないのに。

「蒼樹。お前にはあいつらが人間に見えるのか？」

「………………」

あいつらとはおそらく逃げ出したクラスメイトたちのことだろう。

だから僕は無言で首を縦に振る。

「俺には見えない」

多治比の瞳に、ようやく感情が戻ってくる。

それは——義憤。軽蔑。憎悪。とにかく、昏くて醜い何かに対して抱くものだった。

「俺にはあいつらがどうしても人間に思えない。あんな間違ったことを平気でしでかして、しかもそれが正しいとうそぶけるような連中を、俺は人間と認めない」

少しずつ、声のトーンが上がっていく。

感情は憎悪に炙《あぶ》られてただ高く、大きく、強く。

そして何よりも激しく燃え盛った。

「あいつらは人間じゃない！　何故あんなことができる？　何故平気なんだ？　俺には理解ができない。理解したくない！　そんなあいつらを人間だと認めたら、俺たちはいったい何になる？　だから認めない。認められない。認めちゃいけないんだ‼」

「だから殺すの？」

「それを決めたのはアイツらだ。俺じゃない」

まず僕たちを殺そうとしてきたのは、あっちだ。

我妻を殺し、星野を食い物にしたのも奴ら。

多治比はただそれを返しただけ。

同じことをやり返してやっただけ。

ただ、連中は自分たちが殺されることなど想像だにしていなかっただろう。加害者は、自分が被害者になることを想像できないから加害者になれるのだ。痛そうだ、辛いだろうな、なんてことが想像できたのならそもそも相手に危害を加えるなんてこと、できはしない。

「はーいはい。言い合いもいいけどね、時間はどんどん過ぎていくの。やるなら早くして」

「やら――」

僕の言葉を遮って、彩乃が言葉を続ける。

「ああ、空也クンが屁理屈こねくり回す前に言っておくけど、最後のゲームのターゲットは加害者全員ね、偽善者クン」

彩乃が言うと、多治比は頷いた。

「分かった。ターゲットが違う以外のルールは横倉の時と一緒だな？」

「もちろん。標的を全員殺せばあなたは解放される。そしてそれを手伝った人たちも」

彩乃はどうやら考える暇を与えてはくれないようだった。多治比が僕に説得されれば、全員の死という彼女の望みが潰《つい》えてしまうかもしれないからだろう。

今ならはっきりと分かる。

彩乃は古賀優乃がいじめという理不尽な暴力に殺されてしまったように、殺人機械になり果てた多治比によって、一方的に、理不尽に、加害者の命が刈り取られていくことを望んでいたのだ。彩乃が殺せばただの復讐だ。しかし、クラスメイトの多治比が殺すのならば、それは古賀優乃が味わわされたことの追体験になる。

クラスメイトから一方的な暴力を受け、何もできずに死ぬ。

まさにクラスで起こったいじめの再現だ。

「分かった」

「多治比くんっ」

多治比が頷いてから銃を手に校長室を出ようとすると——。

「あ、待って」

何故か彩乃は多治比を呼び止めると、足元に転がる死体の一つを指さす。

「こいつ死んだふりしてるから、先にこいつのこと殺してくれる？」

「——くそっ」

その一言で、死体のふりをしていた男子——生駒《いこま》が毒づきながら跳ね起きる。彼は確か僕たちが校長室に入った時に星野に覆い被さっていて、多治比に真っ先に蹴り飛ばされた生徒だ。その時に失神でもしていて、目が覚めたらこんな事態になってしまったから死んだふりをしていたのだろう。校長室で死んだ男子は四人ではなく、三人だったということか。

生駒は全裸のまま校長室と教員室を繋ぐ扉に向かって走る。

しかしそれを多治比が許すはずもなく、再び蹴り転がされてしまった。

膂力《りょりょく》では絶対に勝てないと踏んだのか、生駒は起き上がりざまに転がっていた小刀を手に取ると、それを近くにいた星野の首筋につきつける。

「動くなっ。動くと星野を殺すぞ」

「――――っ」

再び瞳の色が消えた多治比が、すっと銃を握る腕を持ち上げる。もはやなんのためらいもなく生駒を殺すつもりだった。

しかし、生駒は星野の体を持ち上げて盾にする。心が壊れてしまった星野は一切抵抗する様子を見せず、人形のようにされるがままになっていた。

当然、多治比は狙いは付けたが銃を撃てなかった。

彼にとって、被害者である星野は殺す対象ではない。

「へへっ。多治比、お前はそういう奴だよな」

生駒は星野の腹部に右手を回してしっかりと支え、左手でナイフを持って彼女の首筋に突きつける。

「………………」

「おっと、蒼樹も変な真似すんじゃねえぞ」

生駒は僕ら二人を牽制しながらじわじわと扉の方へ近づいていった。

もう少しで教員室へと足を踏み入れる。そんなタイミングで――。

「ねえ、星野ちゃん」

彩乃が口を挟む。

「今見えてるはずだよね、我妻ちゃんの死体。悔しくないの？　犯されて、友達を殺されて、今また利用されて」

「うるせぇっ！　余計なこと言うんじゃねぇ！」

生駒は星野を背後から抱えているから気付かないだろうが、正面にいる僕らは彼女の眉がピクリと動いて彩乃の言葉や我妻の死体に反応したことをはっきりと見て取ることができた。

星野の心はまだ完全に壊れたわけではなく、閉ざしていただけだった。

「復讐しなよ。じゃないと我妻ちゃんがなんて言うと思う？」

「っせぇ‼」

「私のことなんかどうでも良かったのってずっと聞いてくるんだよ。夢の中でも、起きてる間でも。ずっと責めてくるんだよ。なんで、なんでって」

彩乃の言葉はきっと、彼女自身が経験したことだろう。彼女には古賀優乃の声が聞こえているに違いない。だが、それは彩乃だけに聞こえる声だ。死んだ人間は何も話さないし、語りかけてもこない。考えることもない。

だって終わってしまったから。

だからその言葉はきっと、彼女の罪悪感で、彼女が望んでいることを尋ねてくる幻だ。

復讐をしたいから、そう駆り立ててくるのだ。

「ねえ、聞こえるよね？　聞こえないわけないよね⁉　ねぇ⁉」

「黙ってろぉ‼」

星野の瞳に、力が戻る。

意思が、憎悪が宿り、そして殺意が生まれた。

きっと星野の耳には、はっきりと彩乃が聞いているのと同じ言葉が聞こえているだろう。

殺せ、と。

「憎めっ！　怨《うら》めっ‼　呪えっ‼　それが遺《のこ》された者の義務だ！　復讐しろっ‼」

「うるせぇぇぇぇっ‼」

たまらず生駒が小刀の切っ先を彩乃に向ける。

その瞬間を逃さず、星野がもがいて生駒の腕を抜け出し――それを待ちかねていたとばかりに、多治比の持つ拳銃が火を噴いた。

「あっ――が……」

多治比の放った弾丸は、生駒の右肺に穴を開けて背中から抜けていく。かなりのダメージを与えたことは確かだが、まだ致命傷には至っていない。

しかし、生駒の気力を根こそぎ奪い去るには充分だった。

多くの血が流れ出たわけでもないのに顔を真っ青にした生駒は、小刀をその場に落とすと、両手で胸の傷口を押さえる。彼が小さく咳をするたびに口から血の飛沫が飛び、床に赤いまだら模様を描いていく。

「生駒――」

トドメを刺すためか、多治比が銃を構えてしっかりと狙いを付ける。

あとは引き金を引けば、また一つ命が消えてしまうはずだったのに――。

すっと横合いから腕が伸びてきて、銃口を逸らしてしまった。

それをしたのは布切れ一枚身に着けず、汚れた裸身を晒している星野。彼女はそのまま自らの体で多治比から生駒を庇った。

「星野、どうするつもりだ」

多治比は星野の裸がなるべく視界に入らないように気を遣いながら尋ねたのだが……。

「…………っ」

星野はそれに一切答えず、口元だけを歪める奇妙な笑顔を見せたあとで生駒の方へと向き直った。

「あ……ほ、星野。そ、そうだよな。俺たち愛し合った仲だもんな。助けてくれたんだよな？」

世迷言《よまいごと》を呟く生駒には一切反応せず、星野は床に落ちていた小刀を拾うと、そのまま逆手に持ち――。

「あああぁぁぁぁぁっ‼」

生駒に襲いかかった。

「や、やめっ」

「あうっ！　あぁっ！　あぁっ！　えぁっ！」

何度も何度も星野は小刀を振り下ろす。刃が生駒の腕を貫き、頬を削り、肩口に突き刺さる。皮膚は振り下ろされるたびに、彫刻刀で削っているかのようにめくれ上がり、赤い肉が破片となって散らばった。学校で使い古されていて、刃物としてギリギリの切れ味しか持っていないこともあって、切りつけるというよりは抉るという方が正しいかもしれない。生駒が体を丸めて身を守ろうとしても、星野はその上から幾度も刃の雨を降らせて肉をそぎ落としていった。

そして何十回か振るったところで、小刀の方が悲鳴を上げてへし折れる。

「あ…あ、あぁぁ～～……もう、もうやべへっ……お願いしまふっ。お願い……」

致命傷にはならないが全身余すところなく刺され、正気を保つのが難しいのではないかと思うほど苦痛を刻みつけられた生駒は命乞いを始める。一旦手を止め、息を整えていた星野は、何か使えるものがないかと辺りを見回し――。

「ほーしのちゃん」

彩乃が、声をかけた。

その手に刃渡り三十センチは超えようかという鋭《するど》そうなサバイバルナイフを持ち、これ欲しい？　とでも言うようにひらひらさせている。

「なんだよ、それぇ……」

生駒が呻く。死の前に更なる痛みが待っていることを知って絶望していた。

「あはっ」

星野は彩乃の持つナイフを見て——破顔した。

それこそが自分が欲しかったものだと星野は手を伸ばし、彩乃からナイフを受け取る。

「あははっ」

また、哂った。

「あははは、あはははははっ」

先ほどと同じように、星野はナイフを振り下ろす。

鈍い音が響き渡り、教員室は狂乱の悲鳴と狂喜の笑いで真っ赤に染まる。

「あーーーっ‼　あーーーっ‼」

幾度となく振るわれるナイフが生駒の耳を切り落とし、目を抉り出して眼窩《がんか》を叩き折る。

鼻は三つに分かたれ、唇はその意味を失って、生駒が悲鳴を上げる度にブルブルと震える。

腕の骨は削られて中頃辺りで折れ曲がり、筋肉だけでぶら下がっていたが、その次の一撃で床に落ちてしまう。

星野たちに加えられた暴力は、それ以上の暴虐《ぼうぎゃく》となって生駒に返っていった。

「あはははははははははっ。ねぇ、ゆーちゃん、見てる？　見てる？　うん、そうだよ。今やってるからっ。あはははっ、まだだよぉ。杉山くんはこの次だから待っててね。きちんと苦しめてから殺すから。うんうん、ゆーちゃんが言う通りに切ってあげるから。約束するってばぁ」

星野は、笑いながら独り言を言っている。ゆーちゃん……我妻友梨亜のあだ名か。おそらくは、彼女の頭の中に存在する我妻を相手に会話しているのだろう。それを見ている僕は、圧倒されて何も言えない。多治比も黙って手を貸そうとしなかった。

「えー？　切り落として河野さんに？　嫌がるって……うん、分かった。きちんと食べさせてあげるね。あはっ。そうだね、私たちもしたんだから河野さんもしないとズルいもんね」

我妻はもう死んでいる。

校長室で犯された挙句殺されてしまった。星野も心の底でそれは分かっているはず。だから彩乃の復讐しろという言葉に反応して、生駒を……殺した。だが、星野は自分を取り戻したものの、その際に認めたくないことが多すぎて壊れてしまったようにも見える。

多分彼女は正気じゃない。

「ほら、生駒くん何してるの？」

生駒はめった刺しにされたことで、既にこと切れてしまっている。しかし星野はそれでも生きているかの如く扱い、床に押し倒す。

「まだ終わってないんだからさぁ。ふふふっ」

軽く挨拶代わりに二、三度ナイフで腹部を抉ってから、――切り落とした。

「あっ、とりあえず切っちゃったけど河野さんを見つけるまでどうしよう。ふふっ、持ち歩くのは嫌だなぁ」

星野は振り向くと「どうしよう」と尋ねてくる。僕らは返せる言葉を持っていなかった。

けれど、彩乃は違う。復讐の血を求める者同士、平然と意見を交わす。

「なら、ここに連れてくればいいんじゃない？　暴れるなら手足の腱《けん》でも切れば動けなくなるし」

彩乃の提案を、星野は小首をかしげて少し考えたあと――。

「あはっ。そうですね、そうします」

笑顔で受け入れた。

「じゃあ生駒くん、河野さんを連れてくるまでえふっ、ちょっと待っててね。河野さんと一緒に殺してあげふふっから」

時折発作のような笑い声を混ぜながらそう言うと、星野は校長室を出ていこうとする。

そこでようやく僕の金縛りは解けた。

「待って、星野さん！」

「……なぁに、蒼樹くん。ふふふっ」

振り向いた星野の口からは、絶えず狂った笑い声が漏れ続けている。彼女にまともな判断などできるかどうか怪しかったが、それでも引き留めるための方便を探す。

「……服、着た方がいいんじゃないかな」

星野は男子たちに犯された際、着ているものを全て剥ぎ取られてしまった。そのため豊満な肢体を、恥ずかしげもなく晒している。

だが、星野は自分の体を見下ろして不思議そうな顔をする。

「あはっ、変なの。体操服、着てるよ」

自分がおかしいことを認識できていない。星野の中では体操服を着ていることになっている。もしかしたら、犯される前とあとの記憶が混濁しているのかもしれなかった。

「……でも、血で汚れちゃってるでしょ。事務室で待っててよ。着替え持ってくるから」

僕はそれでも、彼女の尊厳を守るためにそう提案する。

「あはは、どうしよっか、ゆーちゃん」

星野は虚空に向かって話しかけ、ふんふんと頷いている。

頭の中の我妻と仲良く会話をしているのだ。

いい、こうなる前のように。

「くふっ。ありがとう蒼樹くん。でも大丈夫だよぉ。あはははっ、早くみんなを殺してあげ、うふふっ、あげるってゆーちゃんも言ってるからっ」

時折混じる笑い声が酷く耳障りだったが、彼女がもう止まれなくなってしまったことはよくよく理解できた。

「じゃあね～」

星野はそれだけ言い残すと、ひらひらとナイフを持った手を僕に振り、教員室を出ていってしまった。

「……蒼樹」

僕の肩に多治比の冷たい手が置かれる。

「星野は復讐のために生きている。復讐しようと思っているから心が保《も》っているんだ。それを止めればきっと星野は死ぬ」

そんなことは分かっている。だから星野は生駒が死んだことを理解できなくなっているのだ。終わらない復讐の中で、ずっと生きるために。

「…………」

薄っぺらい正義感で復讐は良くないと、したり顔で否定するのはとても簡単なことだ。少し前の多治比や僕なら無神経にそんなことを言っていたかもしれない。でも、心が死んでしまった星野を見たあとでは……言えなかった。虚《うつ》ろな瞳で、ここではないどこかを見つめ続ける彼女と、話もできるし生きようとしている彼女は、比べることなどできるわけがない。

「俺は星野を手伝ってくるよ」

鬼だしな、と言い残し、多治比の手が離れていく。

それを、僕はただ無言で見ていることしかできなかった。

六時限目──残り生徒数　8人

多治比の姿が見えなくなり、虚無感に包まれた僕は、その場に崩れ落ちてしまった。僕にできることは何もなく、ただ彼らが罪を重ねるところを指を咥えて待っていることしかできない。僕は相変わらず、矮小で、無力で、何もできない役立たずだった。

そんな僕に、彩乃が話しかける。

「それで、空也クンはまた見てるだけなんだ」

「………僕に何ができるっていうんですか」

「そうやって他人に判断を委ねて決めてもらおうとするから、自分に何ができるかも分からないんでしょう」

そうだ、僕はどうせ……。

「僕は弱いから何もできない。とか考えてそうな顔してる」

ズバリ心の中を言い当てられてしまったため、僕は顔を伏せて黙っておく。

こういうのは僕の得意分野だ。悪口を言われて、殴られている間中こうして心を閉ざしておけば、ほとんど痛みはない。自分の傷からだって目を背ければ、いくらでも耐えられた。

「いいよ、君がするべきことを教えてあげる」

気付けば、彩乃は僕の正面で仁王立ちをしていて、冷たい目で僕を見下していた。彩乃はそのまま僕の襟首を掴み、凄い力で捻り上げ、ぐっと顔を近づけてくる。

「お前が殺せ」

「え……？」

一瞬、頭の中が真っ白になって何を言われたのか、まったく理解ができなかった。

「お前が先に全員を殺せば、あの子たちは誰も殺さないですむ」

「……それは……」

そんなのは、正しい解答とは言えない。僕は、誰にもその路を歩んでほしくないのだ。誰にも死んでほしくないのだ。そのために、僕が全員を殺すだなんて、本末転倒もいいところ。結末が何も変わらないじゃないか。

「お前が何をしたのか、私は知ってるからな」

一瞬で全身の血液が凍りつく。

そうだ、彩乃はあのことを知っている。だからこそ僕が彩乃に殺されることは、何よりも正しいと思ったのだから。

「もうお前の手は真っ黒に汚れてるんだよ。今更汚れることを恐れるな」

「——っ」

「お前は最初から人殺しだ。一人二人増えたからってなんだ。同じなんだよ。変わらず最底辺の存在なんだよ」

「でもじゃないんだよ。お前は偽善者クンを助けたいんだろう？　それとも何か？　お前の手が汚れることと、偽善者クンが壊れることは等価なのか？　天秤《てんびん》に載せて比べられるくらいお前の手が綺麗であることは重要なのか？」

「でも……」

星野が自分を生かすために、終わらない復讐を始めたように、多治比はあまりにも汚すぎる人間を人間と認めず殺すことで自分を保とうとした。

しかし、河野たちを否定するための手段に殺人という方法を使ったため、多治比の心はその自己矛盾で今にも壊れてしまいそうなほど危ういものになっている。彼がこれ以上殺人を重ねれば、遠からず壊れてしまうだろう。

それが分かっているのに僕は——その肩代わりすらできなかった。

「とんだオトモダチねぇ」

「…………そうですね」

もう生きているのが辛い。

この見ているだけで壊れてしまいそうなほど痛い世界は嫌だ。

痛い。

狂ってしまいそうなほど心が痛い。

……死にたい。

でも、死にたくない。

だから殺されたい。

なんて酷い――矛盾だ。

欺瞞《ぎまん》に満ちた、醜い欲。穢れた判断。

人を一人、死へと追い詰めているくせに。

他人が積み重ねてくれた死体の山に体《てい》よく登ろうとするなんて、絶対に許される行為ではない。

「死ねよ」


――殺してほしい。

彩乃に殺されることは、正しいことだから。

でもそれは受け入れてもらえない。楽な死は、絶対にくれはしないのだ。

「もしくはお前が殺せ」

それだけはできないと、僕は首を横に振る。

「誰も傷つけたくないんです」

「お前はもう優乃を殺しただろうが！　そう言って横倉と多治比を見殺しにしただろうが！」

彩乃の上げた名前は、僕が死に追いやってしまった存在。多治比はまだ命こそあるものの、その存在は以前のものとは完全に変わってしまっていて死んだも同然だ。

「それでも……いやだ」

それは、なんて偽善なのだろう。

「傷つきたくない、傷つけたくない」

なんて汚いのだろう。

「誰かを傷つけるのは嫌だ。誰かが傷つくところなんて見たくない」

ああ、そうか。

「だから、死《に》にたい」

僕はとっくの昔に。

——本当は死にたくない——。

壊れていたんだ。

殺されたい、死にたいと常々思っているのに、自分で終わらせる勇気もなくて、それでいて死にたくないとも思って、無意味に生にしがみついている。なんて矛盾の塊。惰性《だせい》で息をしどこにも行けず、どこにも行こうとしない、袋小路でただ惑っているだけ。

ているだけの、無価値なゴミ。

「甘えるなよ」

彩乃が嗤う。

嗤いながら、僕を突き放した。

「どうしようもないくらい醜いね、君は」

「はい……」

彩乃は僕を鼻で笑ってから、腰に下げていた通信機を使って誰かと交信を始める。相手の声は不明瞭で、かなり近くにいても何を言っているのかは聞き取れない。ただ、声の低さからいって、おそらく男だ。

……考えてみれば彩乃に仲間がいて当然だった。

土曜の午前中に集められた僕たちは、特別指導とか言われて命のビデオなんて代物を視聴覚室で見させられていた。そこで僕の記憶は途切れているから、おそらく薬か何かで眠らされたのだろう。そこから二十九人全員を教室まで運び入れ、窓と扉を鉄板で封鎖し、学校中に監視カメラを付けて回る。小道具にしたって、一人で集めるには難しい。どう考えても一人でできる作業量を超えていた。つまり僕らは、それだけの人から死んでほしいと思われているのだ。

「ん、ありがと」

彩乃は機械に向かって礼を言ってから通信を終え、僕の方を向いた。

「空也クン」

ニヤリと、口の端が耳元まで裂けたのではないかと錯覚してしまうような笑みを浮かべる。間違いなく僕をいたぶるようなことをしてくるのだろう。でも、僕は心が疲弊しすぎてそれを怖いとも思えなくなっていた。

ただ、ただ、苦しい……。

「南校舎二階、右から三番目の教室。掃除用具入れに女王ちゃんがたった一人で隠れてるよ」

「……それで、僕にどうしろっていうんですか」

……聞きたくない。

……どうでもいい。

……何も、したくない。

「君が殺せば、偽善者クンの殺人を止められるでしょ」

「偽善者クンたちはまだ北校舎を捜してるから、急げば間に合うよ」

「……そう、ですね」

「…………」

「ナイフは要《い》る？」

僕の目の前に、刃渡り十センチは超えそうな大型の折り畳み式ナイフが差し出される。

これがあれば、人間の一人ぐらい殺してしまえるだろう。

だが、僕は無言で頭を振って拒絶した。

「あっそ」

彩乃はすぐに手を引っ込めると、ナイフをしまう。それからもう僕に一切の興味をなくしたのか、鼻歌交じりに教員室の隅に設置された放送機器のところにまで歩いていって何やらいじり始めた。

僕は……どうするべきなのだろうか、なんて、もう答えは出ている。背中を押してほしかったけれど、そんな都合のいいことは誰もしてくれない。人間は一人で決めて、一人で歩いていかなくちゃいけないのだ。僕は、一人ぼっちに戻って、ようやくそれが……分かった。

鉛《なまり》のように重い足を引きずり、教員室を出る。向かうのは教えられたばかりの、河野が隠れている場所。

そこで僕は河野を——。

『はーい、それじゃあ死んじゃった横倉ちゃんに代わって、新しい鬼は偽善者クン！　彼はとっても容赦がないから、加害者全員を殺しちゃうぞ～。さあさあ、逃げろよ、逃げろ！あはははははははは……』

◇

教員室から目的の教室までは、普段なら歩いて二、三分といったところだが、その数倍の時間をかけてようやくたどり着いた。

早く行かなければならないことは分かっているのに、すり減った心では難し——。

——そんなのは言い訳だ！　お前がとろとろ歩いている間に多治比たちが殺してくれていたらって思ったんだろう！

「……うるさい」

幻聴が彩乃の声で責め立ててくる。

僕は左手で胸元を強く掴み、深呼吸をして無理やり心を静める。そうして鼓動が元の速度を取り戻してから、教室のドアを開けた。教室は闇に沈んでおり、廊下を照らす蛍光灯の頼りない明かりが、少し差し込んでくるだけ。その光から逃れるように、一人の女子生徒が首を吊って自殺していた。僕の摩耗《まもう》した心では、彼女の名前を思い出すこともできなかったが、多分河野の取り巻きの一人だろう。彼女は最後まで河野に依存して、それなのにこの場で捨てられて……自ら命を絶ったのだ。

「……勇気、あるんだな」

死ぬ勇気があったことは、素直に凄いと思う。僕は心の中で死んだ女子に拍手を送りながら教室を横断し……掃除用具入れの前に立った。この中に、河野が隠れている、はずだ。もしかしたら移動してしまったかもしれないけれど。

「そんなわけないか」

そう呟いたあとに、僕は容赦なく河野のみすぼらしい隠れ家を開け放った。

「ひっ」

しゃっくりとも悲鳴とも区別がつかない声が聞こえてくる。その声の主は——暗くて顔が見えない。ただ、ジャージに縫い付けられた反射板のラインが二筋、暗い中でもはっきり見て取ることができた。

もしかしたら着替えさせたのはこんな理由もあったのかもしれないな、なんて感想を抱きつつ——。

「河野さん、出てきてよ」

僕は彼女の名前を呼んだ。

「あお……き……」

思わず別人かと思ってしまうほど弱々しい声が返ってくるが、間違いなく河野の声だった。

河野は全てをなくし、誰からも護ってもらえず、完全な孤独に陥っている。皮肉にも今の僕と同じ立場というわけだ。横倉に抱いたような同情はこれっぽっちも湧いてこない。むしろいいザマだという思いの方が強い。

「……もうすぐ多治比くんたちが来ちゃうからさ」

「ま、正邦……」

彼に対して未練があるのだろうかと思ったのだが……続いて彼女の口から出てきた言葉に、思わず失笑しそうになってしまった。

「正邦に謝るからって、つ、伝えてくれない？　ほ、星野さんにも謝罪するから。だから……」

河野はまだなんとかなると思っているのだろうか。

それとも言ってみただけか。いずれにせよ、見苦しいことこの上なかった。彼女は、決して踏み越えてはならないラインを踏み越えて、その上そのことを反省しもせずにさらに踏みにじったのだ。

「……できないと思うよ」

「で、でも私たちは好き合ってたの。なら……」

「星野さんも殺しに来るんだから無理だよ」

星野は特に河野に対する恨みが深い上に、手加減をする理由も持ち合わせていない。

しかも……。

「星野さん、もう善悪とか人間の生き死にの区別もつかないんだ。星野さんには説得自体が無意味だよ。顔を合わせた瞬間に、殺しにかかってくるよ」

「何……それ……」

僕の目が闇に慣れてきて、少しだけ河野の表情を読み取れるようになる。彼女は心の底から信じられないと考えているようだった。

……それこそ、信じられない。

「……君がやったんだよ。君がやったことだよ。星野さんが狂ってしまったとしたら、君の責任だよ」

咎《とが》めるような口調なんて生易しいものじゃない。僕の口調は段々と強く、激しくなっていく。もしも星野が近くにいれば呼び寄せてしまうだろうに、僕の断罪は止まらなかった。

「君がやった結果が君自身に返ってきてるだけなんだよ。それも分からないの？　それすら理解できないの？　当然のことだよ。子どもでも分かる、当たり前のことなんだよ。君がしたのはそんなことなんだよ。殺したいほど恨まれるようなことなんだよ」

友達と共に犯され、その友達は殺された。なら、命を奪い返そうと思って当たり前だ。

「――黙れっ」

隠れていた掃除用具入れの中から河野が飛び出してきて、僕の額にデリンジャーを押し当ててきた。冷たくて硬い金属がぐりぐりと額を抉り、痛みを与えてくる。けれどそんなもの、怖くもなんともなかった。

「僕に撃つ？　じゃあ多治比くんはどうするの？　星野さんはどうするの？　この……」

長いまつ毛によく手入れされたまっすぐな髪の毛。大きくて勝気な瞳に上品な口元。アイドル顔負けの河野の整った顔を、こんなにも近くで見るのは初めてだった。

もっとも今は恐怖に歪んで見られたものではないけれど。

「……一発しか弾が入ってない銃で」

僕の余裕に満ちた態度が気に入らないのか、河野の眉がピクピクと震える。でも、これから僕はもっと彼女の神経を逆撫ですることを言う。果たして彼女の理性は保つだろうか。

──それはそれで僕の望むところではあったが。

「……その銃弾のいい使い方教えようか」

「…………」

これから口にするのは最低な言葉。人の尊厳を踏みにじる言葉だ。僕は結局、あの頃から何も変わっていない。最低な人でなしだ。

「自分の頭を撃ちなよ」

「──ふざけたこと言わないでっ」

低い、どすの利《き》いた声で脅しをかけられる。

「私は死ぬのなんてまっぴらごめんなのよっ！」

「でも避けられないでしょ」

もう、河野の死は決まったも同然。銃を持った多治比とナイフを持った星野に追い回され、無事でいられるはずはない。

「自殺するのが一番楽な死に方だよ」

「そんなの――」

「星野さんは君に男のアレを食べさせるって哂いながら切り落としてたよ。多治比くんも多分邪魔しないだろうし、見つかったら相当苦しい死に方しかしないと思うよ」

だから、多分――いや、間違いなく自殺が一番の救い。

また一緒だ。なんて皮肉なんだろう。絶望の淵にまで追い詰められた時、自分で自分を殺すことだけが唯一の救いだなんて。まるでそれは――古賀優乃みたいじゃないか。

そう思い至った僕の口からは、その提案が、なんの抵抗もなく、するりと出てしまった。

「逃げちゃいたいよね」

ああ、これは僕が最後に古賀優乃へ言った言葉だ。

あの時の僕は今みたいに本気じゃなかった。でも彼女は本気にした、してしまった。

だから彼女は「ああ、それはいい考えだね」なんて笑いながら言って……自殺してしまったんだ。

それが、僕の犯してしまった罪。

「この世界から、さ。ねえ、僕と一緒に逃《し》げようか？」

僕が、殺した。

僕が古賀優乃を殺したんだ。

僕が彼女の背中を押してしまったんだ。

だから僕は、死ぬべきなんだ。死んで償うべき……それしか路《みち》は、ない。

「ふ、ふざけないで！　私は死にたくないって言ってるでしょう！」

「僕も死にたくないよ。でも、死ぬしかないんだよ」

河野の顔に怯えが走る。何をしてでも生き延びたい河野にとって、僕は理解の及ばない怪物のように見えているのかもしれない。

「外に出るだけで死ねるからさ、ね？」

河野が僕と一緒に死ねば、いいことずくめなはずだ。

河野は苦しまなくて済む。多治比はかつて一番大切な存在だった河野を殺さないで済む。星野は復讐を果たせなくなる。復讐のために生きている彼女は、終われなくなる。……生きられる。

僕は……ようやく死ねる。罪を償える。

そうだ。命を奪うのなら、自らの命も差し出すことでしか罪の清算は不可能だ。命には命が等価。僕の言葉で河野を殺すのなら、代価として僕の命を差し出すことも必要不可欠だった。

「河野さん」

僕は額の拳銃を押すように、首に力を入れて半歩前に出る。そんな僕に合わせて、河野は一歩あとずさった。

「来ないで……」

額にかかる圧力が強まり、河野の顔が恐怖に歪む。

まったく、僕からすれば怖いのはそっちだと言いたいのに。今までどれほど僕にトラウマを植え付けてきたのか覚えていないのだろうか。

「死ぬのが一番いい選択だよ」

「来ないでって言ってるでしょ！」

僕は河野の腕を掴み、強引に廊下へ引っ張っていく。河野はいつもあれほど威張りくさっていたのに、僕が少し力を入れるだけで簡単に引きずることができるくらい弱かった。

「他人に死を強要したら自分に返ってくるんだよ」

「やめっ――」

多治比に彼女を殺させるわけにはいかない。仮にも恋人だった河野を殺したら、星野が残虐に殺されることを許容したら、心が壊れてしまうかもしれないから。

「だからお前は死ぬしかないんだよ」

「触らな――」

僕は河野を殺すことができない。ただ人を傷つけることが、僕にはできない。古賀優乃を殺してしまったから。僕が傷つけられて苦しい思いをしたから。理由は山ほどあるが、とにかくできない……したくないのだ。

「いいから死ねよ、僕と一緒にっ。お前が招いた結果だよ、受け入れろよ！」

そんな僕が、唯一河野の命を奪える方法はこれしかない。

だけど――。

「やめろっ」

河野は空いていた手を僕の頬に叩きつけ、腕を振りほどいて突き飛ばす。

「お前、頭おかしいよ！　私は死にたくないって言ってるのが分からないのっ！」

そんなこと無理だって言ってるのに、河野はどうしても受け入れられないようだった。

「お前気持ち悪いんだよっ。頭がイカレてるっ。狂ってるんだよ、馬鹿野郎っ！」

河野はそうやって散々罵倒してから逃げ出してしまう。

そして、僕はまた一人になった。

◇

「あ、は、は、は…………」

哂い声を出してみる。

でも出たのは不自然で空虚な声にすらなっていないただの音だけ。僕は惨めな僕自身を哂いたい気持ちだったが、からっぽの僕ではそんなこともできなかった。

──追いかけないの？　ねえ、ねえ！　追いかけて心中しろよ！

声が、聞こえる。

悪意に満ちた、彩乃の声が。

「できないんだよ……僕にはできない」

それで大切な人が傷つくと分かっていても、僕にはできない。

だって、痛いと知っているから。

死にたくないという言葉の意味を、嫌というほど知っているから。

だから、できない。したくない。

──お前は結局死にたくないんだろ？　本気で死ぬつもりなんてないんだろ？　だから追いかけないんだ！　お前のエゴで、多治比が死んでもいいと思っているんだ！

彩乃が、幻想の中の彩乃が僕を罵倒《こわ》する。言葉の棘《とげ》は僕の心臓に容赦なく突き刺さり、僕の心を殺す。

でも……それでも僕は、死ねなかった。

無様に生きながらえていた。

「うるさいっ」

髪を掻きむしり、身悶えながら幻の彩乃へ怒鳴り返す。

「うるさいうるさいうるさいっ！　そんなに言うなら僕を殺してくれよ！　僕を殺す理由は

充分だろ⁉　他の人たちは容赦なく殺したのに、なんで僕だけ殺してくれないんだよ！」

――甘えるなよ。お前に罪があるというのなら自分で自分を裁けばいい。それがお前に対する罰だ。

「あぁぁぁっ‼」

壁に頭を叩きつけ、机を薙ぎ倒し、もがき、暴れる。何かが僕を強く打ち据えて、体のあちこちが悲鳴を上げた。襲いくるいくつもの苦痛に苛《さいな》まれながら、しかし、それが死を与えてくれることはない。

それよりもなお心の傷の方が、より激しく疼いているのに……。

それでも僕は、自分で自分を殺すことが――怖かった。


いつの間にか僕は真っ暗い教室の中、床に寝て虚空をぼんやりと眺めていた。

「ごめんなさい……ごめんなさい……ごめんなさい……ごめん……」

謝れば殺してくれる……なんてことがあるわけもない。それでも僕の口からは無意識に謝罪の言葉が漏れ出していた。

「……一緒に死ねば良かった」

僕にもう少しだけ勇気があれば、きっと古賀優乃と一緒に死ぬことができて、こうやって苦しむこともなかったのに。いや、今もほんの少しの勇気があれば――。

チラリと教室の真ん中で首吊り自殺をしている少女に視線を向ける。彼女も僕同様にぼんやりと虚空を眺めていた。

「僕がもう少し早く来ていれば、君は一緒に死んでくれた？」

もちろん答えは返ってこない。来るはずがない。だって死んでいるのだから。

もう何もする気が起きなかった。こうしてずっと寝ていたら、罰ゲームとして殺してくれないかな、と考えていると――。

『――んぶっ――ぷあっ。やめてっ！　お願いっ！　無理！』

『あはっ、あはははははははっ。ダメだよ、河野さん食べないと～。えへへへ私も食べたんだからさぁ！』

『やっ！　んんんっ‼』

スピーカーから河野の懇願する声と、星野の狂ったような哄笑《こうしょう》が聞こえてくる。河野は捕まってしまったのだろう。そして教員室に連れていかれ、星野が宣言した通りの責め苦を受けているようだった。

「だから言ったのに……」

僕の心はすり減りすぎて、かわいそうだともなんとも思えなかった。

『もー、仕方ないなぁ。んふっ。じゃあ、さっそくノコギリを使ってあげるね。嬉しいねっ』

『そんなわけな――待って、お願い待って！　いやっ！　いやぁぁぁっ‼』

『暴れちゃダメだってぇ』

『あああぁぁぁぁぁぁぁっ‼』

ゴリュ、と何かを擦るような音がして、今までより数段大きな河野の悲鳴が上がった。

『ふふっ、切りにくいよぉ』

『星野ちゃーん。ナイフでちょっと根元を刺して、動きを止めてからの方がやりやすいからやってごらん』

『そうなんですか〜』

彩乃の声のあとに間延びした星野の声が聞こえ、意味深な間が空いて――。

『――っひぎいぃぁぁぁぁぁぁぁあああっ‼』

また、悲鳴が上がる。

『ホントだぁ。あはっ、動かなくなったぁ』

『やめっ、やめてぇっ。あなたを好き勝手にしたのは男子たちでしょ！　そっちをやりなさいよっ‼』

『そーれ、ご〜りご〜り〜』

『いやあぁぁぁぁぁぁぁぁっ‼』

星野はもう河野と一切の会話を放棄しているようだった。返事の代わりとばかりに、何度も何度もごりっごりっごりっと、鈍い音が響く。おそらくは、生きながらに河野の手足をノコギリで削る音だろう。

こうなるのが分かっていたのに、河野は自殺を拒んだ。ここまで恨まれることを一切想像できずに、星野と我妻を男子たちに売り払った。

全部自業自得だ。

自分の行いが、自分に返ってきただけ。全て河野の責任。僕に彼女の悲鳴はこれっぽっちも響かない。心の底からどうでも良かった。

『うふふふ、多治比くんもやる～？』

多治比は、どんな顔をして地獄のような光景を見ているのだろうか。

彼は、河野がこれだけの責め苦を受けることが当然だと思っているのだろうか。

……辛く、ないだろうか。

『……俺は……そうだな』

『いやぁぁぁっ。正邦お願いやめてっ。ごめんなさいごめんなさいごめんなさいっ』

『はい偽善者クン、銃を置く。さっきみたいな活《い》けじめは禁止。死んだら悲鳴を上げられなくなっちゃうでしょ』

活けじめ……ああ、そうか。そういうことか。多治比が、星野を手伝ってくると言ったのはそういう意味があったのだ。星野が誰かを苦しめて殺す前に、多治比はトドメを刺してあげたのだ。人と認めないから殺す、なんて言っていたのに、できる限り苦しめないようなやり方を選んだのは彼らしかった。

『ねえねえ、これ聞いてるよね？　聞いてるはずだよね、今校内で惨《みじ》めったらしく生きてる加害者ども。これが君たちの未来だよ。これが君たちの結末なの！　あはははははっ‼』

彩乃の哄笑と星野の嬌声、河野の悲鳴が交じり合ったオーケストラが鳴り響き、それにノコギリが骨を削る音がコーラスを重ねる。趣味の悪い合奏は耳の奥で渦巻き、精神を汚染していく。もう関係ないと全てを諦めた僕ですらおかしくなりそうなのだから、他の人たちはさぞかし心を削られることだろう。

もしかしたら自殺する人でも出てくるのではないだろうか。

……自殺？

「――あれ？」

少しだけ何かが引っ掛かった僕は、ゆっくりと重い体を起こした。

深く考えたいのだが、耳障りなバックミュージックが邪魔でなかなか集中できない。だから僕は耳を塞いで先ほどの違和感を反芻《はんすう》する。

何かが――おかしいと、思ったから。

そうだ。よく考えれば、何故彩乃はあんなことを言ったのだろう。

鬼が標的を殺した場合、鬼とそれを手伝った人間は解放される。

横倉の死によって終了した第四のゲームと同じルールのはず。

あの時僕はまったく気にしていなかったけれど、彩乃は何故わざわざルールを説明し直したのだろうか。

そして、今の放送の言葉――。

「あははは……そっか」

なんと単純な話。

分かってはいたけれど、やはり彩乃は元から僕たち全員を殺すつもりだったのだ。

都合良く生き延びることができる道などない。

全てはそう見えるだけの罠で、僕たち全員が、その罠にまんまと嵌められてしまっていた。

だから、僕にできることは、もうすぐ訪れる死を素直に受け入れるだけ……。

でも、今の僕にとって死は希望だ。

「……最期なんだから、その前にやらなきゃいけないこと、あったな」

現金なことに、終わらせてくれると分かったら少しだけ体が軽くなってくる。

僕は起き上がると、おぼつかない足取りで歩き出した。

絶対にしておかなければならないことのために。

清掃時間《みなごろしの》――多治比正邦

彩乃の言葉が校内の隅々にまで行き渡り、あまねく侵していく。その効果が、さっそく形として現れた。教員室の窓の外を肌色の何かが落下していき、どさりと音を立てる。絶望的な未来しかないという恐怖に耐えきれなくなった誰かが、飛び降り自殺を試みたのだ。

まったくもって馬鹿な話だ。三階や屋上程度から飛び降りても、そうそう死ねる高さではないというのに。

俺はため息をつきつつ教員室の窓を開けた。窓の下には男子生徒が一人うつぶせになって呻き声を上げている。顔こそ見えないが、男ということは杉山だろう。

杉山は変な飛び降り方をしたのか、両手ともに明後日の方向を向き、足などは折れた骨の一部が膝から突き出してしまっている。この程度の怪我ならばきちんとした処置を施し、しかるべき場所へと送れば後遺症こそ残るかもしれないが、命ぐらいは助かるだろう。今はそんなことが許される状況ではないが。

「杉山」

「ううう……あぁぁぁぁ……。た、多治比ぃぃ……」

杉山は首だけを動かしてこちらを向く。痛みのショックか、それとも飛び降りる前からそうだったのかは分からないが、顔面の穴という穴から汁を垂れ流していた。

「たすっ、助けてくれぇぇ……」

助けろと言われたところでこちらができることは一つしかない。杉山を殺して苦しみから解放してやることだけだ。俺はポケットから銃を取り出し、杉山の頭に狙いを定める。

「やめぇてぇ~……。たのむぅぅ」

「……お前な」

流石にその物言いは呆れてしまう。

搬入口では裏切ろうとして蒼樹に止められ、美術室では山岸から逃げ出し、校長室では我妻を犯し、今は絶望して自殺しようと飛び降りたのではないのか。それなのにまだ、死を受け入れてはいないらしい。

「悪かったたぁ。悪かったからぁ。助けてくれよぉ……」

「その言葉は遅すぎる。そもそも、しなけりゃ良かったんだ」

一瞬、星野に謝罪をさせてからトドメをとも思ったが……。

星野は未だ教員室で死体となった河野を解体して笑い続けている。杉山がここにいることを知れば、首輪が爆発することもいとわず外に飛び出してしまうかもしれなかった。

「じゃあな。あの世で我妻に謝ってこい」

「いやだ――」

銃声と共に杉山の頭がザクロのように弾け、赤い血液と茶色の脳を地面にぶちまける。これでもう、男子の加害者は全員死んだ。残るは女子が一人。それを殺せば、標的を全員殺した俺、そして協力者である星野も生きてここを出ることが許される。蒼樹は協力者であるとは言い難いかもしれないが、たった一人ではゲームもできない。たとえ次のゲームがあったとしても、蒼樹ならば正解を選べるはずだ。これで蒼樹も生き残る。

蒼樹と星野。生き残るべき二人と、俺が……生き残った。少し尚早《しょうそう》かもしれないが、肩の荷が下りた気がした。

そこへ、ピーピーと電子音が聞こえてくる。振り返れば彩乃が通信機を取り出し何事かやり取りをしているのが見えた。

彩乃は少しやり取りをしてからこちらを向く。

「死んだって。首吊り自殺してたんだってさ」

なんて言ってくる。

「誰が？」

「あなたたち二人と空也クン以外の全員が死んだの。生きているのはあなたたち三人だけ」

それを聞いた瞬間、俺は銃を取り落としていた。

終わった、全部終わった。もう、殺さなくていい。

知らず知らずのうちに口から漏れ出た吐息は、小さく震え、微かに悲鳴のような音を立てる。視界が揺らぎ、その原因が頬を伝って床に落ちた。

「つっ」

先ほどまで極限状態にいたせいか、肩を怪我していたことをすっかり忘れていた。そんな状態で動き回ってもさほど出血しなかったのは、蒼樹がしっかりと左腕を体に固定し、なおかつ三角巾を使って腕を吊り下げていてくれたおかげだろう。本当に、蒼樹には返しきれないほどの恩ができてしまった。

「まだ待ってて。終わってないから」

彩乃がそう言って通信を終えると、人差し指をちょいちょいと動かして俺を傍に来るよう手招きする。

俺は次第に痛みが増す肩をできるだけ動かさないように注意して歩き、彼女の前に立った。

「まだ、何かあるのか？」

「正解。まだ殺してない奴がいるからねぇ」

「……アンタの言う通り、標的は全員殺しただろう。それにルールも横倉の時のままだとアンタは言った。少なくとも俺と星野はこのゲームから解放されるはずだ！」

銃を落としてきたのは間違いだったかもしれないと後悔する。

あの力があれば、脅すという手段もあったからだ。

「ルールは、そうね。確かにターゲットを全員殺せばあなたたちは解放されると言った。私も約束は守る」

「じゃあ――」

言い募《つの》ろうとした俺を、彩乃は手で制すると、ニヤリと邪悪な笑みを浮かべる。

そして――。

「これ、なーんだ」

と言いながら、教師の机の上に置いてあった鏡を手に取ると、自分の顔を隠すようにかざして見せた。

鏡には血色の悪い俺の顔が映っていて、うんざりだとでも言いたげに眉根を寄せていた。

「鏡だろう。それがどうした」

「……分からない？」

彩乃の口が、耳元まで裂ける。

「私は君になんて言った？」

その顔は悪意に満ちていて――。

「私は誰を殺せと言った？」

俺はその悪意にあてられて――。

「私は加害者を殺せと言った」

鏡の中の俺から表情が失せ、じっと俺のことを見つめてくる。

「山岸優。吉屋範明《のりあき》。塩崎俊《しおざきしゅん》。村山隼人《むらやまはやと》。稲葉初美《いなばはつみ》。柴村伴子。江本友恵《えもとともえ》。杉山彰《あきら》」

一人ひとり名前が呼び上げられていく。

それは、全て俺が殺したか、死に追いやった連中の名前で……。

俺は、その可能性に思い至ってしまった。

「全部で八人、君は命を奪ったよね。星野ちゃんに手を貸したのも含めればさらに三人」

全ては正しいと思ったから殺した。

あいつらが絶対的に間違っているから殺した。

人間として認めてはならない罪を犯し、それでも平然と笑ってなかったことにしようとしたから殺した。

俺は間違っていない。

絶対に間違ってはいない。

たとえ過去に戻ったとしても、俺は何度だって同じ選択を選ぶと自信を持って言える。

だが――。

「偽善者あらため殺人鬼クン。君は、加害者じゃないのかな？」

俺は、どうしようもなく……。

「あはははははははははははははははっ。そうだよ、ようやく分かったかな？　君は殺人鬼だ！　間違いなく、完全無欠なまでに加害者だ！　君は出られるのかもしれないけれど、そのためには君が君自身を殺さないと出られない！」

間違ってしまった。過《あやま》ちを犯してしまった。理由は正しかったけれど、行動は許容できないほどに間違ってしまった。

彼女の言葉は全て初めから罠だったのだ。

加害者を殺せ。それはつまり、俺たち全員を――殺せ。

「君は正しいよ。どうしようもなく正しい！　君は正義のヒーローだ！　人間と認められないクズどもを皆殺しにした！　でもその正しさを正しいままにするためには君は君という加害者を殺すしかない！　でなければ君はあれだけ嫌悪してきたクズと同じになる！」

彩乃の言うことが、正しくて、正しすぎて、否定できなかった。

「どうしようもないね！　どうしようもないよ！　君はまさに矛盾の塊だ！　そうでなくするためにするべきことは一つ‼」

「あ……」

全身から力が抜けて、俺はその場に崩れ落ちてしまう。どうしようもないほどに、心が冷えていく。あれほど痛んでいた肩の傷が、今はどうでも良くなっていた。

何故ならそれよりも痛むものがあったから。

俺の心は彩乃の言葉――いや、自分のやってしまった罪の重さで押しつぶされそうになっていた。

「さあ殺人鬼クン。殺せ！　加害者を殺せ！　まだ残っている！　加害者を殺すのは君の仕事だ！　君の義務だ！　殺せっ！　殺せっ！　殺せっ‼　あははははははははははっ‼」

◇

俺は銃を拾い、視線を星野に向ける。星野は大きなジャージ一枚を羽織った姿で、教師たちの机を調理台のようにして、零れんばかりの笑顔で河野の首を切り落としているところだった。

まだ殺し足りない。

まだ危害を加え足りないとでも言うかのように。

彼女にも、親友を殺され自らを辱《はずかし》められたという正当な理由がある。そもそも壊されてしまったがために、悪意を返しているだけ。それが悪い行為だとは、もう認識すらもできていないだろう。

けれどやっていることは………紛れもない、悪。

彼女も、殺さなければならない存在だった。

俺はふらふらになりながら窓際に向かうと、落としてしまった拳銃を拾い上げる。そのまま、足を引きずりながら星野の元へと向かった。

「ねえねえ、ゆーちゃん。ふふふふふ。次はどこを切ればいいかな？　かな？　ねえ？　………えー、頭？　結構大変そうだよ？　河野さんに聞いてみてからねー」

星野は楽しそうに一人芝居を続けている。

そんな星野の頭に拳銃を押し当てた。

「あ、多治比くんもやる？」

「星野……」

星野は拳銃の意味が分からないかのように、俺に話しかけてくる。

銃は見えているはずだ。

本物だとも知っているはずだ。

それでも楽しそうに笑っている。

もう、正常な判断もできないのだ。ただ遊ぶように、無邪気な子どもの心のまま殺戮を続けるだけ……。

止めれば良かった。

星野が初めて復讐をした時、止めれば良かった。

そうすれば彼女はここまで酷くならなかったかもしれないのに。

生きて帰れたかもしれないのに……。

「悪かった。……でも、こうすることが正しいはずだから……」

「多治比くん、どこか痛いの？　大丈夫？　一緒に河野さん切ろー。そしたら楽しくなれるよ、ねーゆーちゃん」

涙が溢れ出して止まらない。

嫌だ。殺したくない。

でも——殺さなきゃいけない。

怪物になってしまった星野を止めるためにも。

「……すまない、俺の責任だ」

「ん～ん、ありが――」

言葉の途中で星野の頭を吹き飛ばす。

最期の最後まで、彼女は笑顔のまま……死んだ。

死んだ。

俺が――殺した。

「くそっ！　くそっ！　くそぉぉぉっ‼」

何度も何度も銃を握りしめた拳を机に叩きつける。何かに激情をぶつけなければ俺の方が狂ってしまいそうだった。いっそ狂ってしまえば楽だったろうに、罪悪感がそれを縫い留める。

罰しなければいけない人間がまだここに残っているから。

それをしなければ俺は、誰にも顔向けできない人間のクズになり果ててしまうから。

俺は震える手で拳銃を自身のこめかみへと持っていき――。

「おっと待ちなよ、殺人鬼クン。君以外にまだ一人残ってるだろ？」

星野に対する加害者は死んだ。

その加害者に対して残っている加害者は俺一人だけ。

でも、古賀優乃に対する加害者は――。

「………蒼樹」

「そう、空也クンがまだ残ってるじゃない。アイツも加害者だ。アイツも優乃を殺した加害者だ。自分で認めてただろう？　だから殺せ。今すぐ殺せ。アイツは二年一組の教室にいる。早く殺しに行けっ‼」

「行けるわけないだろうっ！　殺せるわけないだろうっ！」

俺は自分のこめかみに当てていた銃口を、彩乃へと向ける。

俺が蒼樹を殺すことなどできるはずがない。横倉を気遣い、俺の治療をしてくれて、どんな時でも正しく在った。蒼樹は人に害を与えるような判断をしておらず、実際傷つけることを極端に嫌っていた。

あの山岸ですら殺せなかったくらいだ。

そのあとに起こった校長室での出来事を見ても、脅すだけで直接人は撃たなかった。確かに古賀優乃に対しては等しく加害者だが、蒼樹を殺さねばならないほどの存在だとは到底思えない。

「だいたいお前はどうなんだっ。お前だって加害者だ！　お前がこんなことを始めなければこんなにも死なずに済んだはずだっ‼」

「舐めるなガキがっ！」

彩乃は怒鳴り、なんのためらいもなくこちらへ歩み寄ってくると――。

「私がそれを分からないとでも思うのかっ！　気付いてあげられなかった私が、加害者であることを自覚していないと思うのかっ‼　お前たちと一緒にするなっ！　お前たちとは違うんだよっ‼」

俺の腕を取って心臓の位置に銃口を向ける。俺が少しでも指を動かせば、拳銃から弾が発射され、容易く彩乃の命を奪うだろう。

それでも彩乃は怯みすらしなかった。

「私は優乃のいないこの世界になんかこれっぽっちも未練はないっ。お前ら全員を殺したらすぐに死ぬつもりだっ！」

「………」

彩乃に気圧《けお》されてしまった俺は、ただ罵倒されるがまま立ち尽くすしかない。

そして、彼女は自分の胸のうちを吐露し始める。

それは、今までの怒りとも嘲りとも違う別の感情。

「私には優乃だけが全てだった。あの子だけが私の心の拠りどころだった」

彩乃の瞳に真珠のような涙が光る。

彼女は初めて笑み以外の表情を見せ……哭《な》いていた。

「父さんと母さんが事故で死んで、おじいちゃんたちに引き取られて……。二人は優しかったけど、私たち姉妹が楽に生きていけるような環境じゃあなかった。それなのにあの子はずっと笑ってて……私を慰めてまでくれて……。自分も辛かっただろうに。泣きたかったはずなのに……」

彩乃の頬を、堪えきれなかった想いが伝う。それは、途切れることを知らないかのように、あとからあとから溢れ出ていた。

「私が作った砂糖も塩も入れない卵焼きを美味しいって喜んで食べてくれた。小学校では私の絵を描いてくれた。優乃はいつだって私のことを想ってくれた優しい子だったの」

知っている。

古賀優乃は優しい娘《こ》だった。人が嫌がるようなことでも進んでやっていたし、他人を傷つけるような言動もしなかった。

いつも諦めたような瞳で、ずっと全てを受け入れてきていたのだ。

遺書の中ですら、家族を気遣っていたらしい。

そういう人を、俺は見捨ててしまった。周りの関係が壊れてしまうことが怖くて……。

「そんな優乃だから私は耐えられた。高校へ行かずに働いて、大して好きでもない男に媚を売って体を開いた。それでも私は幸せだった。だって……」

彩乃が、涙を拭う。

そして、無理やり表情をねじ曲げて歪な笑みを作る。

優乃のことだから、そこには幸せしかないとでも言うかのように。

「優乃が幸せになってくれると思っていたから。優乃にはいつか明るい未来が待っていると信じていたから」

でも、と……彩乃の表情が一気に豹変する。

瞳には再び怒りが宿り、憎悪の炎が灯った。

「お前たちがそれを奪った！　お前たちが優乃の未来と、私の全てを奪い去った！」

「……すま――」

「謝って済むことかっ！　謝って終わるはずがないだろうっ‼　そんなものじゃないんだよっ！　そんなことで納得できる話じゃないんだよっ！」

彩乃の手が伸びてきて、傷口を掴み、握りしめる。

「ぐぅぅぅっ」

砕けた骨が筋肉に突き刺さり、今まで感じたことがないほどの痛みが俺を襲った。

悲鳴を上げそうになるが、腹に力を込めて奥歯でそれを噛み潰す。

「苦しめっ。苦しめ苦しめ苦しめ苦しめっ‼　どれだけ苦しんでも許されるかっ！　許すものかっ！　お前たちはそれほどのことをしたんだよっ！　忘れるなっ‼」

分かってはいなかった。

実感を得てはいなかった。

今までは。

しかし、こうやって剥き出しの感情を正面からぶつけられ、初めて彼女の想いを理解した。

――どれだけの悲しみを抱いていたのか。

そして、それをなした連中が誰一人として裁かれず、どれだけ失望しただろう。

この世界を、社会全てを、どれほど憎んだだろうか。

きっと、それは想像もつかないほどの絶望。地獄のような苦しい毎日であったに違いなかった。

彩乃の手が肩から離れ、俺は苦痛から解放される。

だが、彩乃の視線は俺に絡みついたままだった。

「だから、お前は蒼樹を殺せ」

――理解したからといって、俺が蒼樹を殺すかどうかは別の話だ。

これ以上、人が死ぬのは間違っている。

だから俺は、一番簡単な選択肢を選んだ。彩乃の心臓に向けられていた拳銃を引き戻し、再び俺のこめかみに押しつける。

「すまなかった」

せめてもと、結《むす》びに謝罪を遺し、俺はためらいなく引き金を引く。

拳銃から発射された弾丸は、俺の脳を掻き回して一瞬で死に至らしめる――はずだった。

ガキンッと撃鉄が下りる音だけが虚しく響き、いつまで経っても死はもたらされない。

何度やっても、何度やっても結果は同じ。

それを見ていた彩乃の顔には喜悦の色が波紋のように広がっていった。

「ふっ……あはははははっ」

俺は、死ぬことすら許されないのか……。

「弾切れだなんて……。ねえ、運命的なものを感じない？　ねぇ？」

横倉にも渡されていたポーチと同じものが俺の腰にも取り付けられていて、予備の弾薬ならそこにまだ残っている。しかし彼女の言う通り、俺はまだやり残したことがあると言われたような気がして、それを取り出せないでいた。

「というかさぁ」

拳銃をこめかみに押しつけた状態で固まっている俺に、彩乃は口が耳元まで裂けたのではないかと思うほど邪悪な笑みを向ける。

俺にはもう、彼女に逆らえる気が……しなかった。

「空也クンにはあなたがその手で殺すだけの理由があるって、知ってる？」

終鈴――残り生徒数　2人

僕は二年一組の教室で、端に寄せられた机の中から僕や多治比、横倉と――古賀優乃の机を探し出して並べていた。本当は優乃の机だけでいいのだろうけど、それ以外はなんとなく感傷のようなものだ。

優乃の席は、一番後方窓際。

横倉は背が低かったから最前列右から二番目。

多治比は背が高いから最後列右から三番目。

そして僕の席は、二列目左から三番目。

全部を並べ終わってから優乃の席へと向かう。

彼女の机はまるで新品のようにピカピカで、傷一つなく、あれほどあった落書きも存在しない。

……僕がさっきまで、必死に消したからだ。

これが、僕が最期にやらなければならなかったこと。

紙やすりで削り、なかったことになればって願い、ごめんなさいと謝罪を込めながら……消したんだ。

遅いのに。

意味なんてないのに。

「ごめんなさい、古賀さん。死んじゃう前にやらないと、意味ないよね」

謝罪が自己満足だなんて分かってる。命を奪ったんだから、命を返さなきゃ意味がない。

クラス全員で彼女を殺してしまったのだから、クラス全員の命で贖《あがな》って当然なのだ。

それぐらいの罪なのだ、いじめとは。

今も、死なないまでも多くの学校、会社、組織、社会でそれは行われている。いじめは容易くできるけれど、その人の心と人生を壊してしまう。場合によっては命すらも。

そんな重大な、絶対にやってはいけないこと。そのことを、ほとんどの人が頭で理解していても心では分かっていない。僕も分かっていなくて……だから、みんなと一緒になって愛想笑いを浮かべながら、いじめに加担した。無視をして、陰口に頷いて、彼女が嗤われているとき、僕も笑みを浮かべた。いじめられるのが怖くて、僕もいじめる側に回ってしまったのだ。積極的にしていないとか、そんなことは言い訳にならない。

最低だ。

いじめられて辛いことは、僕だってよく知っていたのに。

それに何より——。

「……ごめん、なさい」

僕の心を、遅すぎる罪悪感と後悔が塗りつぶしていく。せめて最期に僕ができることは、許されることのない謝罪を繰り返すだけだった。

「ごめん、ね。汚しちゃった」

涙の粒がいくつも優乃の机の上に落ちて、丸い水たまりを作る。それを申し訳程度に体操服の裾を使って拭き取り……また別の涙が汚していく。終わることのない、しかし完全に無駄なループに陥り、結局僕はその場から動くことすらできなくなって——。

「蒼樹」

急に名前を呼ばれ、僕は顔を上げる。

教室の入り口には肩口を真っ赤に染め、左腕を三角巾で吊るした大柄な男子生徒が立っていた。

「多治比くん……」

彼は教員室で別れた時と同じく、感情の全てが消えた無機質な顔で、ガラス玉のような瞳で僕を見ている。

きっと、僕を殺しに来たのだろう。

僕は加害者。そして、多治比が彩乃の正義の代弁者というわけだ。彼の右手には拳銃が握られていて……しかしそれは鬼になった時に彩乃から渡されたリボルバーではなく、河野に奪われてしまったデリンジャーの方だった。

横倉が僕の役に立つようにと預けてくれた銃で終わりがもたらされるのは……僕の心を守ってくれるのだから、皮肉ではなく正しい使われ方だろう。

それはとても僕に相応しい幕引きだ。

僕は自分の血で机を汚してしまわないように、一歩横にずれると、目を閉じて首《こうべ》を垂《た》れる。

「蒼樹。お前が古賀に自殺をほのめかしたのは本当か？」

「……うん」

彩乃が多治比にそれを教えたことは想像するまでもなかった。僕はゆっくりと頷く。

「なんでそんなことをした」

「……なんとなく」

本当は、逃げたかったから。でも、逃げる度胸もなかった。

……僕はきっと、古賀優乃に慰めてほしかったんだ。

止めてほしかったんだ。

傷を舐め合って、慰め合って、辛いよねって笑い合って明日も生きたかった。

でも、彼女はそんな風に思えないほど追い詰められていて、心から死を望んでしまった。

死が安らぎだと思ってしまったんだ。

「それが彼女には冗談にならないって分からなかったのか？」

「……僕は、僕のことしか考えていなかったから……気付けなかった」

「お前より酷い奴はいる。でも——」

不良グループの奴らは、面白半分に彼女のことを殴ったり罵倒したりしていた。河野たちは毎日毎時毎分毎秒、常に彼女のことを傷つけていた。優乃が死を選んでしまった原因は、間違いなくここにある。

　でも、最期に背中を押してしまったのは……僕だ。

「――お前がそんなことを言わなけりゃ、まだ古賀は生きてたんじゃないか？」

　辛い日常は変わらなかっただろう。

　今もいじめは続いていただろう。

　それでも僕があんなことを言わなければ彼女はまだ生きていたかもしれない。

　古賀優乃という命は在ったかもしれない。

　そうすればこの惨劇は起きなかった。

　僕が彼女の背中を押したせいで、まるでドミノ倒しのようにどんどん命が失われ、この数時間だけで二十七の命が消えてしまった。

　その上これから二つの命がなくなってしまう。

　僕がしたことは、それだけ罪深いことだった。

「ごめんなさい」

「謝って済むことじゃないだろ………なんて」

　コツンと固い感触が額に押しつけられる。

「いじめを止めなかった俺も言えたことじゃないけどな」

　そう、僕はこの最後のゲームの標的で、鬼の多治比は彩乃の正義の執行者。だが、僕たちはその前に等しく加害者なのだ。

多治比は僕を殺したあと、古賀優乃と同じように自殺する。

それがこのデスゲームの、唯一のエンディング。

僕たちは間違えてしまった。どうしようもないほどに、間違えて間違えて。正しいことなんてほとんどできなかった。

その結末が、死。

当たり前の結果だった。

「多治比くん」

「なんだ」

「ありがとう」

僕を殺してくれて。

死ぬのは怖いけれど、それでも、生き続けるよりは辛くない。

「……俺がお前を殺すのにか？」

「うん、僕は死ぬべきだし……って、そうじゃなくて嫌な役を押しつけてごめんなさい、かも」

はっ、と笑いなのかため息なのか分からない音が聞こえてくる。できれば僕を殺すことを罪に思わないように、僕は笑みを浮かべた。

……うん、自然な形で笑えたと思う。

だって、ようやく僕は、望んでいた通りに死ねるんだから。

「……気にするな。友達だろ？」

「友達……」

「そう思ってくれないのか？」

そうじゃない。

そうじゃないんだ。

僕はこのクラスに、学校に、友達なんて一人もいなかったから……。

こんな時なのに、初めて友達だと言ってくれたことが嬉しかっただけ。

僕は、自分が罰を受けるのに利用しているというのに。

「……僕なんかでいいのかなって。君を、傷つけることしかしてないのに」

「俺は助けられた。それしか覚えてない。だから、構わない」

ストレートに許しの言葉が僕の中に飛び込んできて、涙が出そうになる。

「……なら……多治比くんは友達だよ。僕の……一番の友達」

「そうか」

いろんなことがあった。

最初は同じ方向の選択をするだけで、それがだんだん一緒に行動するようになって、やがて僕らは助け合っていた。一緒にいて安全だとか、利害が一致したとか、同じようなことを求めたとか、理由はたくさんあったけど……彼がいい人だったことが、一番の理由だろう。

うん。多治比はいい人だ。

「俺も、蒼樹が一番の友達だよ」

「ありがとう」

「こちらこそ、ありがとう」

お別れは終わった。

あとは……。

「じゃあ」

さよなら、だ。

額に押しつけられた銃口が震えている。

きっと、殺したくないとか思ってくれているんだろう。

ああ、もう……さっきから涙が止まらない。

笑っているはずなのに。

ようやく望み通り死ねて嬉しいはずなのに。

「なあ、蒼樹」

「……何？」

まだ、あるのだろうか。

ああ、そうか。

殺すのが難しいなら……。

「俺は正しいことがしたかった」

「多治比くんは正しいことをしてきたよ。……全部が全部じゃないかもしれないけど。少なくとも、僕はずっと助けられてきたし、今こうして助けてもらえるよ」

僕は手を伸ばし、彼の持つ銃に手をかける。そして親指を、引き金の上に乗せられた彼の人差し指に添わせる。

僕一人や多治比一人の力で引き金を引けなくとも、二人でならって、そう思ったからだ。

「そう、だな。……お前を殺すことはきっと正しい。だけど——」

急に、僕の手の中から銃が消える。

「俺は——」

——慟哭《どうこく》のように、銃声が鳴り響いた。

下校《エピローグ》――残り生徒数　1人

僕が目を開けた時、全てが終わっていた。

硝煙たなびく銃は床を転がり、多治比は頭から血を流して倒れていた。

わずかに、満足そうな微笑みを浮かべて。

「多治比くんっ！」

しゃがみ込んで体を揺する。しかし、反応はなかった。当たり前だ。頭を銃で撃って、死なない人間なんかいない。

「……なんでっ。なんでなんでなんで」

僕は生きる理由が分からないのにっ！

生きることが辛くて、痛くて、もう死んでしまいたいとずっと思っていたのにっ！

「僕は……君に殺されたかったのに……。僕は死ぬべきだったのにっ」

僕よりも生きたいと思っている人間はたくさんいたにもかかわらず、一番死を望んでいる僕が、一番死を恐れている僕が、たった一人遺されてしまった。それはなんという皮肉なのだろう。

生きたいという意志が理由だろうか？

違う。そんなものはもう僕にはない。

それとも僕が何か正しい選択をしたから？

いや、それも絶対にない。

そもそも僕が山岸を殺していれば、彼だけが生き残っていたかもしれない。

何が原因でこういう結末を迎えたのか、僕にはまったく理解が及ばなかった。

「多治比……くん……」

でも、伝わってくることが一つだけある。

多治比は何かを選択して、自ら死を選んだのだ。

それがなんなのか、正しいものだったのかは僕には分からない。

だけど、彼の笑顔は間違いなく逃げから来るものじゃなかった。

死んで楽になれたことへの安堵ではない。

やり遂げたからこそ、笑っていられるのだ。満足できたのだ。

それが、痛いほど伝わってきた。

「あーあ、やっぱり殺さなかったかぁ……」

「……彩乃さん」

苛立たしげに髪をいじりながら、教室に彩乃が入ってくる。

彼女はこの結果を予測していたのか、つまらなそうにため息を一つつくと、多治比の死体を冷めた目で見下ろした。

「弾が一発しか入ってないデリンジャーの方を持っていった時から、嫌な予感はしてたんだよね～」

それじゃあ始めから僕を殺さないと決めていたのだろうか？

死んでしまった今となっては、聞くことなどできはしない。

「ま、私が殺せばいいだけの話なんだけど」

彩乃はあっけらかんとした調子でそう言い切ると、無造作に僕の顎を蹴り上げた。がきんっと上下の歯が勢い良くぶつかり、衝撃が脳を、僕の意識を激しく揺さぶる。気付けば僕は床に寝転がり、天井を見上げていた。

そんな僕の胸元に、彩乃の足が二度三度と落ちてくる。

「お前はまた死にたいって逃げるのか！」

久しぶりに振るわれた本気の暴力から来る痛みはとても強烈で、一瞬のうちに全ての息が絞りつくされてしまう。

ただ、体は無意識のうちに動き、次来るであろう暴力に対して身構えていた。踏みつけてくる足の下に腕を滑り込ませ、ダメージを和らげる。それでいて、苦しそうに呻き声を上げて被害者を演出した。

「答えろっ！　お前は相変わらず逃げることしかできないのかっ⁉」

これが、いじめられてきた僕が自然と身に付けた逃げ道。こういう風にして僕は、古賀優乃ほどの痛みを負わず、いじめから身を守ってきたのだ。

こんなことをする必要なんてまったくないのに。

もう、死ねばいいのに。

それでも僕は、僕の体は、生を望んでいる。

まるで呪いのような何かが、僕の体を突き動かしていた。

「ふ～ん……。やっぱり矛盾してるね、君」

僕を足蹴にすることをやめた彩乃は、僕の胸に片足を乗せたまま腰元から通信機を取り出し、「終わりの準備を始めて」と指示を下す。

ようやく、僕を殺す気になったのだろう。

彼女はそのまま通信機をしまうと、ずっと持っていたタブレットの操作を始める。僕の記憶が正しければ、タブレットは首輪を起爆するためのリモコンの役割を持っていたはずだ。

つまり……。

「爆発、させるんですね」

「そ」

彩乃は短く頷き……やがて手を止めた。

終わる。

終われる。

……逃げられる。

安堵と同時に胸の奥で何かが疼く。

何かが……。

「ねえ、君たちってどれくらいの人から死ねって思われてると思う？」

「………分かりません。でも、ネットでバッシングされてるのは知ってます」

何故今そんなことを言ってきたのかまったく理解できず、一拍置いてからそう返答した。

「私もよく分からないんだけどさ、数十万人は下らないはずだよ。君たちに復讐したいって言ったらさ、億を超える寄付と、いろんな道具に違法薬物、手伝ってくれる人材まで集まっちゃってさ。凄いよね〜」

それはそうなるだろう。

いじめを良くないという認識を持っている人は多い。

もしこんな目に遭う前の僕が彩乃のような人を見つけたら……多分寄付くらいするだろう。

いじめた奴は罪を償うべきだってメッセージを送ったりもするだろう。

僕は山岸たちに対して常々思ってきたのだからきっとそうするはずだ。

彩乃はそんな小さな正義と、表裏一体の悪意を集めてこんなことをしでかした。

僕らは、何十万、何百万もの人たちから死ねって思われている。

……結末が死しかないのも頷けた。

「これで……」

考えてみれば彩乃の瞳を真正面から見たのは、これが初めてかもしれない。

彼女の瞳が見せた最期の色は、憎悪でもなく、悲しみでもなく、憐憫。

僕を踏みつけ、見下ろしてくる彼女は、僕のことを憐れんでいた。

「ゲームオーバー」

それを何故と思う間もなく終わりが告げられ、彩乃の手がタブレットの上を踊った瞬間、爆音と振動が、僕の命を、人生を、何もかも全てを、塗り潰した。

◇

轟音は鼓膜ごと脳を揺さぶり、振動は衝撃となって僕の体を打つ。

校舎は身をのけぞらして叫び声を上げ、教室のガラスは粉々に砕け散る。

終わる。

全てを塗り潰し、幕を引く。

そんな爆発は、僕の首元からではなく、真上から降ってきた。

死は、いつまで経ってもやってこなかった。

「え?」

「バカみたい」

冷笑を浮かべた彩乃は僕を置いてきぼりにしたまま、重ねてタブレットの操作をする。

「な、何をしたんですか!?」

「仲間を皆殺し」

仲間を……？

何故そんなことをする必要があるのだろう。

彩乃に賛同し、手伝ってくれている人のはずなのに。

「だってさ、私の仲間だよ？　私と一緒に教師四人に生徒二十八人、合計三十二人も殺した連中だよ？　死んで当然じゃん」

「え……？」

確かにその通りなのだが、今そんなことを言われてもまったく理解が追いつかず、呆然と口を開けたまま彩乃の目を見返すことしかできなかった。

「どれだけ理由があろうと悪いことは悪いこと。罪があるなら裁かれないといけないからね……ってこれは多治比クンに言ったことだから空也クンは知らないか」

カチャリと金属音が僕の首元から聞こえてくる。

一度聞いた音だったから、それがなんなのかはすぐに気付くことができた。

首輪の鍵が、外れたのだ。

「なん――」

「私は君を殺したい」

彩乃の手が僕の首元に迫ってくる。

だが、彼女の手に殺意は籠っておらず、僕の首輪を外し、取り上げてしまった。

「でも、クラスの誰かが……多治比クンが殺さなかった時点で、私は君を殺せない」

「なんで……ですか？」

殺すと何度も宣言された。実際指を動かすだけで僕を殺せるというところまで行ったこともあった。

彩乃の行動全てに本気の殺意を感じていたのだが、あれは嘘だったのだろうか。

僕にはどうしてもあれが脅しだとは思えない。

ならば、その殺意を超える何かがあるのかもしれなかった。

「殺せない理由があるってだけ」

「それって確か……」

僕や多治比の行動に影響されて、横倉のように後悔する者が出るからじゃ……。

「ああ、あれは半分ウソで半分ホントっていうか、多治比くんにだけの理由。影響力のない君に倣う人が出るわけないでしょう」

それは確かにその通りかもしれないが、そこまでざっくばらんに言われてしまっては、なんとも面映《おもは》ゆいものがある。

「こっちが理由」

言葉と共に、一冊のノートが降ってきて、胸の上に着地する。

何度も何度もめくったからだろうか、読みながら泣いたからだろうか。紙はヨレヨレになり、ノートの端は手垢で少し黒ずんでいた。

「これは……」

ノートにはなんのタイトルも、名前も書かれていないため、それが何なのかは一見して分からない。

ただ、彩乃がここまで執着しているものといえば、優乃の私物に違いない。

「読みなさい。最後の日付のところ」

日付、ということはこれは日記なのだろうかとぼんやり考えながら、僕は体を起こし、言われた通りにノートを開いた。

◇

今日は久しぶりに何もされなかった。

……クラスのみんなにはいつも通り無視されたけれど、それはいつものことなので気にしない。

ちょうど天気もいいのでノートを買いに行くことにする。

百円で四冊入っているお店は少し遠出しないといけないので、私は寮に帰らずそのままの足でお店に行った。

道中ぼんやりしながら歩いていると、「あのっ」って、ちょっと必死な感じのする声をかけられる。

振り返ったら、同じクラスの蒼樹空也くんだった。

彼はわたわたと手を振りながら、えっとを連発して何事か話しかけてくる。聞き取りにくいし何が言いたいのか分かりにくい話し方だったが、要するに無視したりしたのを謝りたい、ということだった。

……何かされたっけ？　と思わないでもない。

そのくらい彼の影響は小さくて、正直な話どうでも良かった。

蒼樹くんもいじめられているから同じことをしてしまって罪悪感を覚えているのだろう。

とりあえず私はふーんと相槌を打ちながら歩くのを再開すると、どうもそれが怒っていると勘違いされたらしく、蒼樹くんは謝りながらちょこちょこと私のあとをついてくる。

……なんか、お姉ちゃんが見せてくれた動画に出てくるリスみたいでちょっとだけ笑ってしまいそうになった。

実際に笑ったら不審者だろうから我慢したけど。

そんな、ちょっとだけいつもと違う散歩を楽しんでいたら……話はいじめの内容に移っていった。

思い出したくもないのにそういう話をしてきて、大変だよねとか言ってくる。

どうやら蒼樹くんは私に仲間意識を持っているらしかった。

私はなんだか困ってしまって、どう返答しようかと考えていたら……。

「逃げちゃいたいよね」

なんて言ってきた。

最初は私の経済状況でそんなことできるわけないのにって思ったけど……違った。蒼樹くんは、自殺をしようって意味で逃げるって言葉を使っていたのだ。

その意味に気付いた瞬間、私の口を突いて出たのは、

「ああ、それはいい考えだね」

という言葉だった。

言ってから内心、なんでそんなことを言ってしまったんだろうと後悔する。

でも、答えは簡単に見つかった。

私が自殺すれば、お姉ちゃんは間違いなく楽になる。

お姉ちゃんは私の学費を出してくれているし、高校だけでなく大学まで行かせるつもりらしく、倹約に倹約を重ねて貯金をしている。

この間、彼氏と別れたって言っていたけど、私が原因だ。自分や彼氏にお金をまったく使わないので喧嘩したって言っていた。間違いない。

おばあちゃんとおじいちゃんも、年金暮らしで大変なのに、私にお小遣いをくれたりする。たまに帰った時にごちそうを作ってくれるけど、そのために毎日色々と我慢しているのを知っている。

私がいなくなるだけで、みんなが解放されることが分かっていたから、つい自殺に賛同するようなことを言ってしまったんだ。

私が初めて返した言葉がそれだったからか、蒼樹くんは明らかに動揺し始めた。

そして、私は気付いてしまったんだ。

本当は死にたくないんだって。

蒼樹くんは私と違って生きていたいんだって。

だから私は「冗談だよ」って言って蒼樹くんと別れた。

別れてからも、私の頭の中は自殺のことでいっぱいだった。

死んだ方が多分いいのだろう。家族を悲しませるけれど、それが間違いなくみんなの利益になると考えたら、正しい選択な気がしてならなかった。


お店に着いても、目的のノートを買わずになんとなく店内をぶらぶらと散策するだけで、買い物をする気になれないでいた。

そうしていると、ふと、手紙のコーナーにあった便せんに目が留まった。

紙の周りにデフォルメされたちっさなリスのイラストがいろんな表情をしている素敵な便せんだ。

泣いたり、笑ったり、落ち込んだり、怒ったり、はしゃいだり……。さっきの蒼樹くんがこんな感じだったなって思ったら、目が離せなくなってしまった。

そこで、私の中に一つの考えが下りてくる。

もし、私が自殺したらどうなるだろう。

お姉ちゃんたちは悲しむだろうけど……蒼樹くんは？

私がいじめた人たちの名前を書き遺して死ねば、私の死をきっかけに学校のいじめが問題になれば、蒼樹くんへのいじめはやむかもしれない。

助けられるかもしれない。

この世界に絶望しかしていない私が、あれだけ生きたいって思ってる蒼樹くんに未来をプレゼントできたらとっても素敵じゃないかなって……そんな自己犠牲的な考え。

馬鹿みたいとその考えを否定してノートを買おうとしたのに、気付いたら私はその便せんと、ロープを買っていて、ついでに引っ越しをするからなんて言って、必要のない段ボールまでもらってしまった。

段ボールを抱えて寮に戻るまでの道すがら、私の心の中は驚くほどからっぽだった。

自分の部屋についても、遺書を書き終わっても、なんにも感じないのだ。

それほど私は、死が怖くなかった。

むしろ安らぎとさえ思ってしまっていた。

だから、うん……やっぱり死のうと思う。

死ぬのは、正しいんだと思う。

だから私は死ぬことを決めた。


多分この日記を読むのはお姉ちゃんだろうから書いておくね。

私の代わりに幸せになってね。

好きな人と結婚して、自分のために生きて、自分の好きなことをしてね。
それが私の願いだから。
次に、おじいちゃん。
お酒の飲みすぎは良くないからちゃんと控えておばあちゃんの言うことを聞いてね。
おばあちゃん。
ありがとう。色々と良くしてくれたこと、ホントに嬉しかったよ。
特に、お姉ちゃんにきちんと料理を叩き込んでくれたのは助かったかな。
卵の殻まで食べたくなかったし。
あ、お姉ちゃんが作ってくれた料理は美味しいって思ってるからね、最近のは。
それより何より、作ってくれることが嬉しかったし。
でも、もっと一緒に作りたかったなぁ。

最後に一つだけお姉ちゃんにお願い。
蒼樹くんに、頑張れって伝えてくれないかな。
私の代わりに生きてって……。

◇

「なんだよ、これ……」
僕は、彼女に助けられていたのだ。
命をかけて守られていたのに、弱いままだった。逃げようとばかりしていた。
知らなかった。
もっと早く知るべきだった、気付くべきだった。
だって、今まさに僕は彼女の願いを無駄にしてしまうところだったから。
「うっ……ぐぅっ……あぐっ……」
涙が、止まらない。嗚咽が呼吸の邪魔をして苦しい。
僕は見苦しいくらい無様に、泣いていた。
「だから私は君を殺せなかった。誰かに殺してもらう必要があった。でも——」
そうならなかった。
横倉が助けてくれた。
多治比が守ってくれた。
古賀優乃が、救ってくれた。
だから僕は生き残った、生き残ってしまった。
クラスメイト全員の死体の上で、たった一人生きている。
僕は何もしていないのに。
何もできていないのに。

他人の想いの上に、僕の命がある。

「空也クンは優乃のことが分かっても弱いまま？　相変わらず逃げる選択しかしないの？」

彩乃にそう問われて、僕は首を横に振る。

そんなこと、できるはずがない。

これから先、僕がどんなに死にたくても、どれだけ生きることが辛くても、絶対に死ねない。死んではいけない。僕が自分の命を絶ってしまったら、みんなの想いを踏みにじることになってしまう。

これはみんなの願いなんだから。

「というか空也クンさぁ。死にたい死にたい言ってるわりに、目が絶対に死にたくないって言いまくってるんだよ」

そう……なのだろうか。

僕は僕の顔を見ることなんてできない。

もしかして、だから多治比も僕を殺せなかったのだろうか。

僕が生き残ってくれると信じて？

「はい……すみま……せん」

「ばーか、謝るな」

今までさんざん彼女に罵倒されてきたが、今回だけはとても温かく、言葉の意味とは真逆の感情が込められているように聞こえた。

彩乃は「さて、と」とわざとらしく伸びをしながら教室の中を歩き、隅に転がっていたデリンジャーを拾い上げると、二つに折って空になった薬莢《やっきょう》を取り出す。

そのまま僕のところにまで戻ってきた。

「多治比クンを殺した弾だよ。つまり、最後の最後に多治比君が私から君を守った弾。記念に持って帰れば？　薬莢は持ってても法律違反にならないしね」

「あ……」

少しでも声を出せば、またさらに涙が溢れてきそうだったので、首を縦に振りながら右手を差し出す。

彩乃は握っていた薬きょうを僕の手に乗せて――。

薬莢以外の何かも同時に渡してくる。

「なーんて、君は馬鹿正直だねぇ」

爆弾でも渡されたのかと思い、袖で涙を拭うと急いで手の中を確認する。

そこにあったのは、そんな危険物ではなく、スケルトンカラーのＵＳＢメモリだった。

「それには、私の支援者の名前、寄付金、違法薬物をくれた人、取引した時の証拠やメールなんかが記録されてるの」

彩乃の口が、再び大きく裂ける。

「第四のゲームと最後のゲームで鬼の二人が使ってた銃。あれって日本の警察が採用してた正式拳銃なんだよねぇ。この意味はもちろん分かるよね？」

もちろん、分かる。警察に協力者がいるから、ここまで外部からの介入がなかったのだ。

そんな人たちの証拠が、今、僕の手の中にある。このUSBメモリは爆弾なんかよりよっぽど危険物だった。

「君はそれをどう使うのかな？」

彩乃はそう言って、また嗤った。

最後の最後まで、彼女らしく。

「私は見られないけど、君のゲームも楽しそうだね」

普通に公開したらどうなるか。きっと潰されて無駄に終わる。警察に渡しても握り潰されてしまうだろう。

これをもってどう戦うのか。

何と戦うのか。

それを、問われていた。

……逃げるなんて選択肢は、ない。

僕は歯を食いしばって嗚咽を呑み込み、涙を押し込める。弱いままでいてはいけないから。

「……彩乃さんは」

そうやってまた誰かに頼ろうとしてしまい、慌てて口をつぐむ。彩乃は僕がどうするのかを知りたいのだ。彼女がどうするか、ではない。

僕は一人で生きなければならないのだ。

「私が、何？」

だから僕は質問を切り替える。

失望されないためにも。

「後悔してませんか？」

「してない」

即座に断言される。

「私がしたことは間違っていた。でも、後悔だけはしてない。私は優乃の復讐をしたくてやったし、復讐できたから達成感しか残ってないよ」

彼女の瞳はどこまでも曇りなく、まっすぐ僕の目を見返していて、嘘など欠片も見当たらない。本気でそう思っているのだろう。そこまで強い意志を持ってやり遂げた彼女を、何よりも強く鮮烈に生きている彼女を、僕は少し羨ましいと感じていた。

「……そうですか」

僕も彼女のように生きられるだろうか。

今の僕にそんな力はない。でもせめて……せめてできる限りのことは、やろう。

そう、決めた。

「さて、もう行った方がいいんじゃない？」

彼女の言葉通り、廊下からは白い煙が這い寄ってきている。耳を澄ませば、炎がそこら中を喰らい始めた音も聞こえてきた。このゲームの幕が下りようとしているのだ。

「彩乃さんは、どうするんですか？」

「君は質問ばかりだねぇ」

彩乃は苦笑しながら、手に持っていた首輪を己の首に嵌める。

それが、答え。

そのまま彩乃は優乃の席まで行くと、椅子を引いて腰を下ろした。

「分かりました」

きっと、彩乃もこのままこの箱庭の中で死んでいくつもりなのだろう。この学校全てを喰らって、自分のものにするために。

僕は薬莢とUSBをポケットに押し込み、ノートを背中とズボンの隙間に挟むと、多治比の死体のそばまで行き、彼の腕を肩に回す。そのまま思い切り力を込めて彼の体を持ち上げ、背中に負った。

「君ねえ、そんなことしてたら死んじゃうでしょ」

馬鹿にするようにそう言われる。確かに、僕と多治比の身長差は三十センチ以上あって、体重差なんて倍近くあるかもしれない。彼の体を運んでいたら、炎に呑み込まれてしまう可能性の方が大きそうだ。

けど——。

「……僕の、勝手ですよ」

何もできなかった僕だけど、これからはできる限りのことをやると決めたんだ。

だから、僕の友達だけは、連れていく。

「はっ」

彩乃の嘲笑を受けても僕は歩き出す。出口まではとても遠くて、異臭や煙が目の前に立ちはだかってくる。よろめきながら、それでも歯を食いしばって前に進む。

「私は君を許していないけど、君の生は優乃が望んでる」

その背中に、

「だから――」

彩乃の声が――。

「頑張れ」

それと同時に、聞きなれた破裂音が僕を追い越していった。

「……はいっ」

僕は歩く。

僕たちは進む。

振り返らずに、ただ、前へ――。

補習――多治比正邦

俺の目の前に、蒼樹が立っている。無防備に、目をつぶって、震えながら。

必死に笑顔を作ろうとしているのだろうが、死ぬのが怖いのかそれに失敗して悲惨な顔をしている。

そのことに蒼樹は気付いているのだろうか。きっと蒼樹は生きたいのだ。死にたいと口にしているが、生きることを願っているのだ。

それは、ただ命があるという意味ではない。無意味に体が動き続けている状態を指すのではない。自分が自分としてある、という意味での生きる、だ。だから、死に向かって歩むことも、蒼樹にとっては生きること。罰を受けて、正しく人生に幕を下ろすという生き様なのだ。本人は自己評価が低くて気付いていないのかもしれないが、蒼樹はそういう強さを持っている奴だった。

「多治比くん……ありがとう」

「……俺がお前を殺すのにか？」

「うん、僕は死ぬべきだし……って、そうじゃなくて嫌な役を押しつけてごめんなさい、かも」

彩乃がしたかったのは、俺たちがどれだけ汚くて、無価値であるかを証明することだったんだ。

そのためにゲームなどと称して俺たちを殺し合わせた。

俺たちはまんまと彩乃の誘導に乗ってしまい、今まで積み上げてきたこと全てを……俺たち自身がぶち壊して、俺たちの手で否定してしまった。

——蒼樹を除いて。

蒼樹は弱い。

でも、蒼樹は強い。

誰もが殺すという選択をして傷つけ合った中、蒼樹だけはどういう理由であれ、最後の最後まで誰も傷つけないという選択を貫き通した。

俺にはなかった強さだ。

現実に合っていないかもしれない。

誰かに叩き潰されて終わっていたかもしれない。

それでも、それを貫いた。

これが強さでなくてなんなのだ。

俺はそんなこともできなかった。

俺もそんな強さが欲しかった。

たとえ破滅にしか向かわなかったとしても、そうあるべきだったんだ。

八人も殺したあとで、それがようやく……分かった。

何もかもが遅かったけれど。

俺の口から、意識もしていなかった言葉がまろび出てくる。

「……気にするな。友達だろ？」

これは未練だ。

空回りをして、迷惑しかかけてこなかった俺の行動が、少しでも何かの役に立っていたら、と確認するためのもの。

俺の選択が間違っていなかったと、誰かに認めてほしかった。

だから……。

蒼樹からそう言われて……一番欲しかった言葉をもらえて……俺は目頭が熱くなってしまう。俺の行動は意味があったんだって安心できたから。

「僕の、一番の友達だよ」

「俺も、蒼樹が一番の友達だよ」

これ以上蒼樹が辛い思いをしないうちに、そして彩乃が蒼樹を苦しめて殺さないうちに、俺が送ってやるのが最善なんだ。

これが正しいこと。蒼樹を殺すのが、正しい判断。

そう思っても、銃の引き金はとても重く、俺はそれを引けないでいた。

理由は一つ。

蒼樹を殺したくなんてない。

こうなって初めて分かった。

俺は付き合う相手を間違えたんだって。

見た目だとか、人気だとか、そんなことにはこれっぽっちも意味なんてない。

本当に俺を理解してくれる人と一緒に歩むことこそ、最善にして最高の路だったんだ。

蒼樹みたいな奴と友達になって、横倉を止めて……古賀を助けるべきだった。

そうしたら、俺たちはもっと幸せな人生を生きていけたんだ。

……こんな妄想に意味などないけれど、俺はそう想わざるを得なかった。


「なあ、蒼樹」

ああ、俺はまだ未練があるんだ。

蒼樹はもうとっくに覚悟を決めているのに、俺はまだ覚悟ができていない。

こんなにも他人を傷つけ続けた加害者が、それでもまだ生きたいと思うのはおこがましいことだ。

それは分かっているけれど……。

それでも俺は、生きたい。

生きたい。

死にたくないじゃなくて、生きたい。

この会話が続いている間は、もしかしたら俺はずっと生きていられるんじゃないかと夢想してしまう。

俺が空也と呼んだら、蒼樹は正邦と呼び返してくれるだろうか、なんて変なことまで考えて——。


——気付いた。

まず、最初の違和感は柴村のこと。彩乃は彼女を「地味子ちゃん」と呼んだ。

その時は単に彩乃がふざけているだけかと思ったが、その後も彩乃は俺たちの名前を絶対に呼ぼうとしなかった。横倉を「クソ女ちゃん」と呼び、詩織を「女王ちゃん」と呼んだ。

そして俺のことは「偽善者クン」と……。

俺と蒼樹が教員室へ向かった時も、彩乃は詩織の名前を呼ぼうとはしなかった。それどころか、「名前はどうでもいい。覚えたくないから」と言っていたではないか。

いじめの加害者である詩織の名を、彼女が知らないはずがないのに。

それは不自然なまでに徹底されていたのだ。

だが俺は今、一つだけ例外が存在していたことに思い至った。

……蒼樹だ。

彩乃は最初から、蒼樹のことを「空也クン」と呼んでいた。

――ぞわり、と全身に鳥肌が立つ。

いや、蒼樹だけじゃない。彩乃は、星野と我妻の名前も普通に呼んでいたではないか。

さらに、俺を追い詰める時には、殺された全員の名前まで……。

間違いない。彩乃は明確なルールを持って、あだ名と本名を使い分けている。

そのルールは――被害者であること。

そして、最後のゲームの標的は――加害者全員。

ああ、彩乃は最初から俺たちにヒントを与えていたのだ。

ずっと「空也クン」と呼んでいたのは、蒼樹が古賀同様にクラスメイトたちからいじめられていたことを、クラスの被害者であったことを知っていたから。

――そうか、そうだったのか。

つまり彩乃は最初から蒼樹を殺すつもりがなかったのだ。

それは、たった一つ残された希望。もしかしたら違うかもしれないけれど、俺はその可能性に賭けたかった。

そうすれば、俺の行動に意味が生まれる。

このゲームではずっと間違い続けた俺だけど。

最期に、本当の意味で正しい選択ができる。

俺は今から、蒼樹を生かす。

そしてもし、俺の思惑通りに蒼樹がこのゲームを乗り越えて生き続けたら……。それは、俺が正しい選択をしたのだという証《あかし》になる。


たとえ俺の命が亡くなったとしても、お前と共に俺は生きていける。


「多治比くんは正しいことをしてきたよ。……全部が全部じゃないかもしれないけど。少なくとも、僕はずっと助けられてきたし、今こうして助けてもらえるよ」

蒼樹の手が、俺の手に添えられる。

それは小さくて、弱々しくて――でも、温かかった。


なあ、蒼樹。

お前にはとても辛いものを背負わせてしまうけど、いいか？

悪いけど、俺では駄目なんだ。俺は最初から「偽善者クン」と呼ばれ、こうして何人もの命を奪ったあとは「殺人鬼クン」と呼ばれる存在だから。

これは俺の自分勝手な妄想で、結局、蒼樹は彩乃に殺されるだけなのかもしれない。

それでも俺は……このクラスでたった一人だけ自分を貫いたお前の強さに賭けたいんだ。

「そう、だな。……お前を殺すことはきっと正しい。だけど――」

俺は、生きる。

お前は、生きろ。

「俺は友達を殺さない」


（了）

この作品に対する皆様のご意見・ご感想をお待ちしております。

おハガキ・お手紙は以下の宛先にお送りください。

【宛先】

〒150-6008 東京都渋谷区恵比寿 4-20-3 恵比寿ｶﾞｰﾃﾞﾝﾌﾟﾚｲｽﾀﾜｰ 8F
（株）アルファポリス　書籍感想係

メールフォームでのご意見・ご感想は右のＱＲコードから、
あるいは以下のワードで検索をかけてください。

アルファポリス　書籍の感想　検索

ご感想はこちらから

アルファポリス文庫

妹《いもうと》がいじめられて自殺《じさつ》したので復讐《ふくしゅう》にそのクラス全員《ぜんいん》でデスゲームをして分《わ》からせてやることにした

駆威 命（かけい みこと）

2022年 7月4日初版発行

編集－藤井秀樹・芦田尚
編集長－太田鉄平
発行者－梶本雄介
発行所－株式会社アルファポリス
〒150-6008東京都渋谷区恵比寿4-20-3恵比寿ｶﾞｰﾃﾞﾝﾌﾟﾚｲｽﾀﾜｰ8F
TEL 03-6277-1601（営業） 03-6277-1602（編集）
URL https://www.alphapolis.co.jp/
発売元－株式会社星雲社（共同出版社・流通責任出版社）
〒112-0005東京都文京区水道1-3-30
TEL 03-3868-3275
装丁イラスト－橋本 洸介
装丁デザイン－AFTERGLOW
印刷－中央精版印刷株式会社

価格はカバーに表示されてあります。

落丁乱丁の場合はアルファポリスまでご連絡ください。

送料は小社負担でお取り替えします。


ISBN978-4-434-30458-3 C0193